L'éducation de Gabriel

Mot de l'éditeur

Libertine éditions est la maison érotique qui entend tous vos fantasmes. Ici pas de demi-mesure, toutes les formes de sexualité sont autorisées et assouvies.

Puisque chacun trouve son plaisir dans des scénarios intimes, chaque lecteur trouvera de quoi animer sa libido ou la rallumer.

Entre histoires vraies et fantasmes inavoués, il n'y a qu'un doigt. Du Porno au hors-limite, en passant par le BDSM, le SM et plus encore... Masculin, féminin, le plaisir à deux, trois ou plus. Peu importe, seul le plaisir compte !

Pour faire durer vos lectures, vous trouverez nos ouvrages en format numérique, papier, audio, CD, DVD et plus encore.

Que votre lecture soit chaude et enivrante, c'est tout ce que nous vous souhaitons.

Philippe l'Amory

L'éducation de Gabriel

Couverture : **Maïka**

ÉDITIONS

Avertissement

Texte réservé à un public majeur et averti

Préface

Dans le courant d'une existence, il se hisse des barrières, comme se plantent des jalons segmentant les années, qui en deçà, qui au-delà, génèrent de nouvelles habitudes, ou bien des changements d'importance.

À cette place se logent les deuils, les ruines ou les mariages, les naissances, les voyages, les héritages et les fortunes, les rencontres d'êtres chers, les trahisons d'amour.

Dans nombre de ces années, particulières et mémorables, je choisirai plutôt celle où il y eut ma mère qui relâcha les restes de sa pauvre raison, et où je me résolus à la faire interner. Je devins son curateur.

Quelques dettes propres au jeu me conduisirent, sans aucune autre issue, à me débarrasser de notre maison de famille, à la vendre à l'encan. Mais, en aucune façon, ce ne fut un crève-cœur dans la mesure où ces vieilles pierres n'en pouvaient plus de se voir abîmées, isolées sur leur butte, dans cette décrépitude propre au marais poitevin.

Je me donnais trois jours pour céder du même coup les pièces du mobilier : c'étaient des tables et des buffets et quelques lits, parfois, massifs et sans nulle grâce, datant – qui pouvait en douter ? – du troisième des Bourbons.

Le plus curieux de l'héritage se trouva être un secrétaire d'une élégance baroque. Apparemment, il venait de loin, au moins de ces provinces qui aiment respirer l'ail, aussi la soupe aux sauges.

Mais son itinéraire ? Très incompréhensible. Surtout pour se retrouver confiné par ici, bois foncé, gras de crasse. Qui donc ? Non, ce ne pouvait pas être le chemin de ma mère.

En d'anciens temps plus riches, possible qu'il ait servi d'écritoire quotidienne : témoin l'ensemble de ces taches d'encre qui constellaient le plateau. Lettres d'affaires ? Billets d'amour ?

À main gauche, quatre tiroirs se superposaient, tous différents de taille. Chacun d'eux était vide, si on laissait de côté un bric-à-brac futile, comme des bobines de fil, des graines collées et puis moisies, quelques épingles et des amandes séchées.

L'une des cavités résista. Ce ne fut pas d'une grande dureté, mais plutôt un refus, comme s'il se fut agi de la présence d'une autre main pour contrecarrer mes efforts, des doigts jouant par l'intérieur. Mais alors, mais après quelque peine, je finis par gagner, et les glissières se libérèrent. Je m'exclamai, alors :

— Du papier ! Comme un livre !

Enfin donc, par ici, ma trouvaille se révéla. C'étaient plusieurs feuillets regroupés en cahiers. Les pages, du moins les toutes premières, se présentèrent à moi comme assez dégradées, mais la fine écriture dont elles étaient couvertes restait encore lisible. De plus : bien élégante.

Je piquai, çà et là, quelques phrases au hasard.

J'en fus sombrement fasciné.

Je dus bientôt m'asseoir. Je n'avais jamais lu une confession de cette sorte. Je demeurai longtemps aux lueurs d'une chandelle, tandis qu'autour de moi le crépuscule s'épaississait.

Mais quelles horreurs – ou quels délices ? – l'auteur anonyme de ces lignes avait-il souhaité transmettre à l'inconnu ? Ce pouvait ressembler à ces étranges messages qu'un naufragé exsangue confie aux éléments.

Ce journal… naturellement, c'en était un… semblait avoir été conçu en un siècle révolu où l'on parlait des rois, et où de rares élus prisaient leurs avantages sans excès de conscience.

Une société en mutation.

Enfin, ce fut précisément cette nuit, et en la compagnie de cette humanité qui brusquement vint m'assaillir, lorsqu'avachi sur une bergère débordante de son crin, là cerné par une pluie s'affrontant aux fenêtres, que j'eus l'appétit de poursuivre, la volonté puissante d'affiner ma lecture.

Je me mis à déchiffrer chaque feuille, rapprochant ma chandelle et faisant fuir les ombres. Je commençai par le début, avec l'effort de démêler les lignes les moins commodes, celles-là gommées par les années.

Ils surgirent près de moi, et puis, et sans la moindre violence, ils se décidèrent tous, osant m'accompagner. Je les pris par la main. Je les eus comme complices : Gabriel et Aurore, le comte, ainsi que l'abbé Lieven, la chevalière, et puis Hortense.

Ils me souriaient. Ils m'entraînaient. Leurs jeux étaient pervers, et certes, au demeurant : tous frappés d'interdit. Mais aussi, mais encore avec une force renouvelée, ils pouvaient paraître gais, comme une ode à ces corps qui – en notre fin de siècle – souffrent de se voir brisés sous les coups de boutoir d'une morale acide.

Ils ont aimé. Ils se sont aimés. Sans que personne puisse s'offusquer, sans que quiconque en reste lésé. Sans honte, là pour le moins.

J'ai replié le dernier feuillet. Je suis resté les yeux ouverts dans le grisâtre offert par une chandelle éteinte. Était-ce un peu d'envie ? Était-ce du vague à l'âme ? Il y a plus de cent ans.

À présent, ils sont morts... tous. Je me décide enfin : leur redonner la vie, la foi en leur jeunesse, en une longue symphonie jouée par ces corps débridés qui ne sauraient se complaire en royaume de contrainte.

Ils furent heureux, encore plus que des hommes accordant leurs largesses, davantage que des femmes aux plus brûlants de leurs désirs. Ils ne méritaient pas de sombrer.

Je m'en vais les extraire, leur faire abandonner cette maison si sombre où ils furent relégués par quelque hasard fâcheux, cette retraite improbable à l'intérieur de laquelle ils se sont retrouvés, en défaut de mémoire.

Amis que j'ai imaginés, vous allez nous revivre.

PHILIPPE L'AMORY
18 avril 1893

Dieu eut l'extrême bonté de me concéder la vie dans une soirée d'avril lorsque le père Chaussières se prit la fantaisie de s'en aller butiner les cotillons de ma mère au terme d'une escapade où les deux acolytes prirent un plaisir complice à venir s'égarer au loin de tous regards.

Mon aimable génitrice était, en ce temps-là, une jolie soubrette, ronde de fesses et de hanches, aux tétins débonnaires, pour qui la naïveté trouvait son contentement en communions lascives avec les hommes d'Église.

Elle aimait leur doigté, de même que cette douceur onctueuse et hardie qu'on se plaît à délayer en de sombres chaleurs à forme de péchés, au long de la discrétion complaisamment offerte par les confessionnaux.

Cela fut-il certain ? Mais aussi il y eut, dessous les aubépines, nombre de câlineries que s'offrirent les mains du père en recherche d'un buisson ceinturé de jupons, tout comme il se conçut bien d'autres chuchotis que leurs soupirs masqués, lorsque les doigts de ma mère s'en vinrent à la rencontre d'un pivot de tabernacle, monté, déterminé, luisant de suc jeté, et qu'elle l'eut entouré d'accents d'amour lascifs, pour le câliner de plaisir.

Bien plus tard il y eut – je devais, à cette époque, avoir mes quatorze ans – le souvenir de ma mère accusant des douleurs largement suffisantes pour s'en retourner au Ciel, pour y accompagner son âme combien pécheresse. Elle se prit de délires. De ce fait, elle cria, me tenant dans ses bras fortement enlacé, me pressant le visage entre ses deux tétons qu'elle conservait moelleux, pour m'envelopper, impertinente :

— Va, mon ami ! Va foutre ! Puisses-tu aller plus fort ! Et puis aussi, plus loin ! Ah, le bougre ! Ah, comment tu me fais ! Très bien et sacrebleu, ne t'en va pas tout de suite ! Je te tiens ! Ton vit brûle ! Enfonce-toi ! Enfonce-toi largement ! À moi ! Voilà donc que ça vient ! Oh, mais tu te rattrapes en crochant mon chignon ! J'aimerais tant ta langue, surtout qu'elle me mignarde ! Tu me rentres en vainqueur ! Ah ! me fit-elle. Je meurs !

Ce qui fut la vérité, car, moins d'une heure plus tard, ma mère m'abandonna, juste pour expirer. Elle s'était relevée pour me baiser en bouche, et pour me caresser sur le cou, aux aisselles. Ce mauvais jour funeste, j'étais encore puceau, tout à fait ignorant des plaisirs de la chair et des charmes courtois que peuvent offrir les femmes.

Sur ce moment choisi, je ne compris pas ma mère, ses mots d'exaltation, ses cris énamourés. Je ne fis que supputer, pourtant en me doutant qu'avec les poussées d'âge, certains bonheurs cachés me seraient révélés et, qu'en accumulant des pratiques convenues, je saurais, à mon tour, exacerber mes sens, accorder mes bienfaits, et aussi – et peut-être ? – m'offrir en récompense.

En fait, je devins précoce. Ma taille était fringante (davantage que six pieds) sans mollesse d'attitude, tandis que mon visage côtoyait cette douceur dont on aime gratifier les pommes fraîchement cueillies. Mes yeux, d'un bleuté sombre, donnaient à mon regard une intensité si naïve que plusieurs des matrones, que je croisais parfois aux détours des couloirs, prenaient un plaisir trouble à me baiser en bouche.

Est-ce que ce fut exceptionnel ? Mais la bassesse de mes origines et la modestie de mon allure, la minceur de ma bourse m'éloignèrent pour un temps de certaines privautés que le monde sait bâtir, toutefois sans me reléguer, sans me mettre à l'écart des mots incandescents prononcés sous le manteau, sans que je sois exclu de gestes mal travestis conçus en ombres complices.

Cependant, loin de là, mon éducation battit de l'aile. Oui, certes, et pour mieux dire : elle paressait langoureusement. Je restais à l'écart des citations latines. Et quant au grec ! À peine savais-je tracer mon nom... sur un parchemin défraîchi !

On en était dans cette impasse lorsque mon géniteur (il se nommait le père Chaussières) décida, en sa cure, que tant de médiocrité ne pouvait plus durer. Ainsi, la mort dans l'âme, se mit-il à délacer les cordons de sa bourse, et ceci pour m'offrir le charme avantageux d'un bel apprentissage.

Mon premier maître se nommait Guillemi. C'était un laïc charpenté qui toujours se conservait une apparente moiteur au dedans du regard. Ses mains s'agitaient sans relâche, mais tout en distillant une onctuosité qui me marbrait la peau chaque fois qu'il me touchait, aux poignets, sur la nuque.

Outre les commentaires sur *La Préparation évangélique* d'Eusèbe de Cérarée, en dehors de la dissection du Cratyle de Platon, d'autres tâches m'incombèrent. Il y eut Guillemi pour me charger de besognes autrement plébéiennes... afin que mes doigts se délient ! Comme – par exemple – mettre en état sa chambre, lui brosser ses habits ou décrotter ses bottes.

Certainement, tout à fait, je n'étais pas un bon élève. Il m'arrivait de m'égarer en de multiples solécismes. Mais l'autre n'y prenait garde.

Il passait tout son temps à déclamer des vers dont les mots étrangers me semblaient vides de sens. Sans compter que Guillemi possédait la vertu d'oppresser le meilleur de son souffle, comme de suer sans élégance. Sa respiration cascadait. Ses doigts s'emmêlaient seuls et son verbe se dissolvait. Tout à la fois, il se faisait glissant.

Ainsi, la situation basculait. Mon maître fermait la porte. Il se rapprochait de moi. Il me maintenait par l'épaule. Il me pressait aux hanches avec assez de force pour me faire me courber.

Je ne savais pas lui résister. D'ailleurs, l'aurais-je souhaité ? Et Guillemi de me souffler, au dedans des oreilles :

— Sot enfant ! me susurrait-il. Tu ne connaîtras jamais le propre des merveilles léguées par les Anciens. Tes fautes sont innombrables. Ton père en reste marri. Aussi, je me dois de te châtier.

Juste à ce moment-là, il me tenait de court. Je devais me soumettre. En ces temps révolus, l'autorité des maîtres faisait force de loi.

Guillemi ajoutait :

— Tu vas avoir le fouet.

Je savais désormais, dans toute la confusion d'une naïveté fruste, qu'à toutes fins il fallait que je me mortifie, et qu'à jamais je sollicite la grâce de racheter mes fautes, que ce serait le seul moyen afin que mon maître soit satisfait.

En attendant, sa main se renforçait. Elle devenait, tout à la fois, l'objet de mon tourment et, d'un autre côté, l'expression vive de mon plaisir. Oh, oui, combien cette perspective s'imposait comme confuse !

Car j'avais, comme attente, l'espérance de goûter le sel amer de la soumission. Être corrigé me plaisait, si bien qu'en aucune occasion je n'éprouvais l'envie de fuir ni celle de me soustraire à cet excès de discipline.

Ainsi, nous allions jusqu'au bout. Tous les deux, nous jouions, sans aucunement nous dérober.

Il me faisait jeter culotte, abandonner mes chausses, que je prenne position, le ventre sur le lit. Lui brandissait ses verges et, de peur que je m'esquive, il relevait sa propre tunique. Il s'installait dessus mon dos, à califourchon, à rebours, et tout en m'écrasant.

Tout autant il aimait que la correction soit sévère. Aussi s'inquiétait-il que je me présente en offrande et puis, et au-delà, le jeu se poursuivait. Nous n'en étions qu'aux premières transes.

Tandis que, moi, je restais uni, les cuisses serrées de confusion, ici – au plus haut point – en passe de me livrer, tandis que Guillemi s'époumonait sans trêve. Mon maître prenait toujours de nouvelles décisions. Vraiment jamais, il ne s'en privait.

Il y allait avec la main pour qu'à toutes fins je me décide, et qu'au terme je m'écarte. Ma résistance fondait. Les doigts du fureteur glissaient en m'empoignant.

Il ramenait cet ornement dont j'ignorais l'usage, mon secret dans l'instant qui gagnait en ferveur, en dureté, d'autant plus que depuis plusieurs mois – depuis qu'une ombre de duvet m'était poussée au ventre – son volume se hâtait, plus d'une fois, en avant.

J'avoue qu'en ce temps-là j'éprouvais grand plaisir à rechercher le contact de cette main inquisitrice. Oh, Dieu, que ce tourment me semblait des plus doux ! Que je me sentais grossir, devenant presque honteux face à ce ravissement que je dégustai en mon ventre et qui me remplissait d'un émoi inconnu !

M'ayant juste décuplé par ses caresses inachevées, mon maître Guillemi s'occupait par la suite de mes deux globes offerts. Là, je tâtais des verges. Mais ce ne pouvait être, là, ici, avant tout, qu'une caresse passante, ou encore un frottement. Même pas, et en aucune façon, ce ne saurait se muter en la violence sordide d'une cruelle flagellation.

À mon maître, à moi-même, chaque mot nous donnait de l'émoi. Je me laissais aller dans des gémissements qui se transformaient, tout aussitôt, en une extase heureuse. Guillemi devenait plus précis :

— Ah, donc, qu'est-ce que je sens ? Que poussez-vous au long d'un ventre qui n'en peut plus de mauvaise gaillardise, et puis qui se trémousse ? Vers quels travers s'égarent vos mains ? Ce contact ? Vous êtes en train de vous y complaire, ressemblant au pourceau qui se vautre dans sa fange.

Toutefois, dans l'intervalle, ses attouchements se prolongeaient. Je savais la pratique et les règles de notre jeu. C'était à ce moment-là que je devais me dresser, en restant à genoux afin que la caresse puisse se trouver complète. Aussi, sans déplaisir, pour le bien de chacun, je me présentais entier, vaincu et dominé.

C'était une position assurément plaisante, pour la gloire de laquelle mon maître se hâtait. Il exerçait sur moi l'excellence de sa science : une pratique hellénique. Il me décalottait, faisant jouer ma peau, et puis il persistait jusqu'à ce qu'un jet puissant vienne nous tacher les draps. Je m'en trouvais libéré, tandis que Guillemi poursuivait plus avant les avancées de ses réprimandes. Cette fois, pour l'occasion, il nous fallait d'autres mots, et moi, je savais le satisfaire. Je lui disais :

— J'éprouve peu de tourments à être corrigé. J'aime votre main savante, et avec tant d'ardeur que dans les jours prochains de folles envies m'empoigneront. Tout autant : je viendrai me conforter dans le cloaque de nouvelles fautes – serait-ce donc, par ici, le plaisir du martyr ? – ceci afin de poursuivre, en m'emberlificotant, la désolante complexité de vos versifications.

Guillemi me reprit :

— Drôle, arrive par ici. Tu as pris ton plaisir : ce fut une récompense. Tandis que, pour ma part, je suis astreint à me renfoncer dedans ma propre solitude sans l'aimable secours d'un giton complaisant.

Je ne compris pas les mots. Ce fut le premier jour. Mais au bout d'un grand mois, notre jeu se modifia. Guillemi me retint. Je lui baisai les mains. Elles se glissaient à la manière d'anguilles avant de revenir et enfin de me palper, avant de goûter cette gloire qui se déployait entre mes cuisses.

Puis sa bouche s'égara jusqu'aux commissures de mes lèvres. Cette fois, il s'y logeait un ton vraiment nouveau, tout comme le manifeste d'une décision mûrie, mais mille fois refoulée :

— Il serait conséquent qu'à ton tour tu t'engages, en me donnant les mêmes verges que je t'ai octroyées – davantage que cent fois – sur ce lit de repentance, car j'ai le droit de goûter la rigueur de ta main.

— Mais vous n'y pensez pas ! me récriai-je, sidéré. Vous fouetter ! Vous tenir ! Enfin, vous êtes mon maître !

— Je suis celui qui dit. Je suis celui qui commande. Tu te dois d'obéir.

— Oh, mais...

Je me sentais rougissant, et plus encore lorsqu'il se délaça, qu'il fit tomber ses chausses pour se découvrir le ventre. Je n'osai regarder, mais pourtant, mais aussi, c'était la première fois que je voyais un homme livré jusqu'au plus haut, dévoilant ses secrets. Je fus abasourdi devant la taille géante qui m'était présentée, aussi par cette broussaille qui se révélait abondante.

J'eus, à présent, je le confesse, une réticence extrême à y porter la main, refusant de succomber aux instances oppressées dont mon maître Guillemi ne se trouvait pas avare. Quelque chose me retenait si bien que, afin de détourner une attention flottante, je me vengeai dessus les verges.

Je lui zébrai les fesses, usant dans cette pratique d'un enthousiasme rageur. Cette correction fut à son goût. La morsure des badines lui fouettait tous les sangs. Cette fois, il fut géant, dépassant en puissance tout ce qu'il m'était permis d'imaginer d'un corps… surtout s'il fallait se comparer à ma pauvre modestie !

Guillemi hoquetait et, lui, d'un prompt élan, enivré de volupté, couronna mes efforts par des jets de plaisir qu'il se plut d'entretenir jusqu'à en être vidé.

***

Ainsi, je commençai mon chemin dans le monde. Guillemi disparut, remplacé plusieurs fois par d'autres maîtres savants, qui tous se montrèrent prolixes d'émois plutôt troublants. Je n'en fus point marri. J'aspirai de mes vœux à acquérir la science, tout en lui explorant ses très précieux recoins.

J'améliorai mon art. Je sus donner l'émoi tout autant qu'une putain. Certains eurent l'heur de s'y complaire. Mon nom devint couru chez nombre de libertins.

Cette fois, arrivé là (en ces années heureuses, je pouvais avouer mes presque dix-neuf ans), mon géniteur en robes usa de son entregent pour me faire accueillir chez Mme de Mortcerf, afin que je m'y livre à une charge de répétiteur. Du moins, on pouvait le supposer. Le plus jeune fils de ma nouvelle maîtresse n'était âgé que de cinq ans.

***

C'était la première fois que je me trouvais ainsi, présenté à une dame de quelque qualité, et au service de laquelle j'allais devoir me conforter, si bien qu'au tout début de notre prime entrevue, j'étais au plus fort rougissant, mais sans que ce soit un masque...

Depuis ma tendre enfance, je possédai cet art d'auréoler de candeur la finesse de mes traits. Roué, peut-être aussi. Je savais en jouer.

La luxurieuse Aurore, la comtesse de Mortcerf, était une très jeune femme, à peine plus loin que ses vingt-cinq ans, avec un nez impertinent, de longs cheveux nattés relevés en chignon, dévoilant les prémices d'une poitrine bien marquée. En sus, avec une taille artistiquement cambrée.

Entre mes cils baissés, je vis qu'elle souriait tout en me détaillant, tandis que de sa langue arrangée en une pointe, elle forçait la ligne mince de deux lèvres incarnates, rutilantes de sève chaude.

— Monsieur, se moqua-t-elle, pourquoi être confus ? Vous avez l'air d'une fille, d'une pucelle à ses noces. Aurais-je été trompée ? Ne possédez-vous point une parcelle de ce sexe que l'on prête aux galants ?

Diable...

Mes dons se sublimaient. Je rougis davantage, et la belle s'en trouva des plus émoustillée.

Maintenant, nous étions seuls, car Mme de Mortcerf avait donné ses ordres. Notre entretien courtois se déroulait sans témoins, domestiques relégués. Quant à son mari, il n'était nul besoin de s'en préoccuper, car le comte naviguait depuis six mois entre l'Espagne et l'Italie, dans la perspective hasardeuse de se voir attribuer un copieux héritage.

—Je me dois, fit la dame, de juger par moi-même si vos savoirs précieux se rencontrent plaisamment dans ces endroits secrets où je peux les attendre. Sachez que, sur ce point, je conserve en regard l'éducation de mon fils. Pour dire la vérité, je souhaite ardemment une ossature virile, et vous..., ajouta-t-elle sans préciser au-delà.

Avançant le chapelet de ses mots modulés, elle se rapprocha de moi jusqu'à ce que son souffle vienne à me caresser, jusqu'à ce que je me mêle à la fragrance de sa moiteur. Elle releva la main. Elle la passa sous ma chemise, et ce, pour descendre bien plus bas, jusqu'à me caresser le sein.

Je réagis sur-le-champ face à cet avantage qui se révélait galant, tout en me rendant compte qu'un brandon enflammé commençait de se hisser entre mes cuisses serrées. Là, certes, il y eut Mme de Mortcerf pour s'enhardir, encore. Elle se pencha. Le tissu de son corsage bâillait sous mon regard, libéré des cordons, lesquels semblaient s'être dénoués, à présent pendouillards et tout à fait abandonnés.

Deux rondeurs vinrent à moi dans leur coffret précieux, et à peine sustenté par le dessous des globes. Deux tétins se dressaient, rivalisant de nonchalance avec leur galbe sculpté dans une douceur moelleuse.

Je ne sus résister.

Oui, mais, et cependant, ce fut ici la comtesse qui vint me précéder, avec Mme de Mortcerf pour entreprendre de se répandre en un long rire fusant, lequel ne savait pas finir, tandis qu'avec les mains, elle forçait sa conquête. Elle me prit, m'enveloppa par-dessus mes culottes. Je ne sus que balbutier. N'importe quoi ! Une lourde sueur malsaine me coulait sur les joues.

— Quelle grosseur, mon ami ! Faut-il que je me sois trouvé une mauvaise chimère de vous prendre pour une fille avec vos mines timides, car j'entoure de mes mains de quoi porter le fer, de quoi rendre grâce au Ciel, de quoi calmer des ventres en attente de forçage.

Enfin, au bout du compte, je dus me maîtriser. Mon éducation résista. Du moins, pour ce qui m'avait été tant et tant inculqué, entre cent, entre mille sévices. Je pris dès lors sur moi. Je me laissai tomber, suppliant, à genoux :

— Madame, s'il peut vous plaire, octroyez-moi votre pardon. Amèrement, je m'en rends compte : mon attitude insigne n'a fait que vous choquer. Mais je vais me reprendre. Aussi, je vous en supplie : soyez bonne. Oubliez les excès qui pervertissent ma chair. Il faut aussi savoir que la nature sait commander, que bien peu y résistent, succombant trop souvent aux afflux de leur sang. Sachez que je ne suis qu'un homme, très jeune, très ignorant.

Je me trouvais fort suppliant. Les genoux sur la terre, et le front appuyé sur le plat de la chaussure de ma nouvelle maîtresse, je me sentis gagné par un trouble absolu. J'aimais cette position, antichambre des délices. Je l'avais maintes et maintes fois, et souvent pratiquée au contact de ceux-là qui s'étaient succédé dans mon éducation. Ils s'y étaient complu. Ils avaient aimé me brider.

Mais Mme de Mortcerf sut pour moi se montrer une escorte agréable, enfin… d'une tout autre nature. En souriant, elle me prit par la main, et elle me releva :

— Insolent, me fit-elle, certainement fripon. Cette fois, je reconnais votre manège alambiqué dans ce flot de désirs que vous vous plaisez d'entretenir. Certains de mes amants usent de ce procédé. Mais vous, mon gentil freluquet, jusqu'où se découvriront vos rétives complaisances ? Mieux encore, entre nous, jusqu'où dois-je vous mener ?

Elle fixait hardiment mes yeux énamourés, mais, au bout d'un instant, nous nous mîmes l'un et l'autre à rivaliser d'excellence. Là, son regard fut éloquent. Il traduisait sans masque l'incandescence feutrée où son désir la conduisait. Je me plongeai enfin dans une large débâcle tant étaient expressifs les signes et les mimiques que j'eus la faveur de glaner.

Elle reprit son chemin vers la gouverne de mon entrejambe, retrouvant un souhait qui gardait sa bonne mine. Elle fit tant de la hanche, elle fit tant des genoux, qu'elle se déjuponna. Ses cuisses à demi nues vinrent au contact des miennes. Elle abaissa tous nos obstacles, si bien que ses paupières alourdies d'une envie tout à fait mal contrainte, et son sein agité par une respiration pour le moins haletante, nos lèvres se pressèrent tandis que nos langues s'adoptaient dans une frénésie aux abords combattants. Nous allâmes au plus loin. Nous goûtâmes cette ivresse propre à nos sens désaccordés.

Nous nous unîmes debout, nous livrant l'un et l'autre à un déchaînement qu'on ne pouvait mesurer, sous un envahissement trouvant son origine dans cette nouveauté où nous étions plongés, dans la folle découverte de nos corps dénudés.

Sa gorge m'était livrée. Elle n'en pouvait plus de se contenir. Elle débordait hors de son écrin. Un instant, trop de mains me quittèrent. Mais là ce fut pour générer un envahissement de délices, aussi pour justifier de nombreux autres élans. Elle se dépoitrailla. Elle dévoila des seins dont déjà, juste avant, je m'étais délecté en y plongeant les yeux.

Ses tétins, telles des mûres, se tendaient en émoi. Ils vinrent, en caresses courbes, se prêter à nos jeux en effleurant mon torse. Ce fut complications. Ses mains reprirent l'ouvrage. Elles folâtrèrent comme des mésanges, douces et aussi pépiantes, osant des avancées à nulles autres pareilles. Je progressai, aux nues. Oh, Dieu ! Oh, la coquine !

— Monsieur, me lança-t-elle au moment où nous fûmes un instant rassasiés, après que nous eûmes crié tout notre contentement, après que je l'eus oint de ma liqueur précieuse, vous me semblez parfait comme maître de latin. Mon fils sera comblé, mais aussi, conjointement, vous me devrez respect, obéissance, docilité. Car sachez-le, monsieur, et je parle sans détour, je vous ordonne de revenir, chaque nuit, chaque jour, pour noter les progrès de votre élève d'ici.

Elle ajouta, pressée :

— Vous me rendrez des comptes. J'en serai très friande. Ce sera le prolongement d'un service consenti.

Juste ici la comtesse sembla perdre contenance en s'affligeant dans le même souffle :

— Je suis si solitaire. Mon mari est absent depuis trop de semaines. Les heures me semblent longues. À vous de les réjouir.

Elle se repoitrailla. Elle remit ses tétins au dedans de sa robe, rajustant ses jupons. Moi, je gardai mon feu. À nouveau conquérant, il s'irradiait en pleine hauteur pour me couvrir le ventre. Assez hagard, avec difficultés, je me reculottai, en m'efforçant de réparer l'entier désordre de ma toilette.

Quand je me relevai, elle avait disparu. Ne demeurait latente que son odeur de femme, à la fois douce et puis poivrée, celle-là que je respirai par à-coups oppressés. J'essayai de me calmer. Enfin, j'y réussis, mais ce fut avec peine. Une soubrette s'avança tout en penchant la tête, un sourire accroché et des yeux sans pudeur. Elle me dit, d'un petit air :

— Monsieur, lorsque vos nerfs se seront apaisés, les ordres de notre maîtresse vous demandent de rejoindre – sans délai – vos quartiers. Sachez que le dîner vous sera servi à cinq heures.

***

Les premiers jours passèrent, tranquilles au demeurant. Mme de Mortcerf se montrait, envers moi, d'un détachement hautain face à ceux de son monde, devant les domestiques. Jamais une parole, loin de toute allusion, aucunement un sourire au risque de faire douter.

Je restais à ma place, en maître des langues savantes. Mais, dans mon intérieur, des feux brûlaient, intenses. Je maintenais béants des sens propres à s'offrir, puis arrivaient nos nuits.

Elles étaient débridées. Du coucher du soleil aux primes lueurs de l'aube, ce n'étaient qu'agacements, déferlements et lances brisées. Chaque jour se découvraient de nouveaux engagements. Ma maîtresse, en experte, savait domestiquer chacun de mes émois. Elle me maintenait au licol. Elle me bridait, tempérant ma vigueur, m'obligeant tout au long dans une amorce de pèlerinage. Mais c'était avant tout afin que je me libère, au plus loin que je déferle, aussi que je cascade.

Nous étions d'harmonie, nous seuls dans sa chambre dévastée.

***

Mes appartements communiquaient avec ceux de Mme de Mortcerf par le biais d'une galerie qui, dans les heures de nuit, se trouvait désertée, exempte de domestiques. La maîtresse de ces lieux avait donné ses ordres, si bien que nous ne fûmes jamais surpris, et jamais dérangés, ce qui fut bien commode, car nous avions comme habitude d'éviter de nous contraindre, mariant notre plaisir avec des cris qui détonaient, coudoyant les sommets.

Mon amante me couvait, multipliant ses feulements, surtout lorsque je m'égarais avec mes doigts, avec ma langue.

Ce fut, très peu de temps après mon arrivée, que M. de Mortcerf revint de ses voyages.

***

Je lui fus présenté. Je sus que son périple s'était plaisamment terminé, qu'il revenait chargé de livres et de pistoles, fort satisfait, en fait.

Il se trouvait être un bel homme, plutôt sec, charpenté, aux tempes grisonnantes et à l'œil de corbeau. Quelqu'un ayant vécu. À son premier regard, il sut me deviner. J'avais trop belle figure, trop de finesse, trop de complaisance, et foisonnant d'une sève sur le point de déborder. Là, pour tout dire : je ne savais pas dissimuler.

Je sus au tout début qu'il octroyait à son épouse une très grande liberté, ici sans être jaloux, enfin : sans cultiver l'esprit de quelque bourgeois ladre. Il se plut à nous conter qu'au cours de ses voyages, il s'était rapproché de ces faits socratiques où se complaisaient les Anciens. Il s'y était charmé, certainement par émoi et par curiosité. Il revenait chenu, fort de ses expériences, au moins pour se souvenir, et au moins pour tenter. Pour aussi renouveler ?

Ce pour quoi il garda ma propre main au fond de la sienne, sans ajouter un mot, le sourire en dessous, pour nous unir de fait, son épouse et moi-même. Selon son sentiment, l'abrupt de son retour ne saurait s'imposer, et en aucune manière, comme un obstacle tranchant face aux transports courtois que notre homme supputait. Il nous donna nos nuits. Il ne fut pas pressé d'honorer son épouse, au contraire de ces hommes restés absents des jours, et puis aussi des nuits.

Le dîner achevé (nous avions l'un et l'autre parlé d'affaires de chasse, de poulardes mamelues et de très jeunes pouliches), la comtesse de Mortcerf sut me faire une œillade. Elle me prit à l'écart, entre deux embrasures :

— Il s'est plaint de migraines et me laissera seulette. Je vous attends sur l'heure. Ne vous dérobez pas. Dieu seul sait les instants où nous pourrons demain nous rejoindre… à nouveau. Peut-être même jamais.

Son mari musardait, encore assis à table. Il trouvait agrément à un vin de Bordeaux. Nous entendit-il ? Point.

***

Je fus nu dans l'instant, tandis que Mme de Mortcerf tendait vers ma poitrine ses beaux bras potelés, alors que s'agitait entre nos deux émois la toute plaisante ardeur de ses seins découverts. Je tombai à genoux pour y porter la bouche, repousser ses tétins avec mes lèvres serrées. Nous étions sur le lit et, déjà oublieux du mari, de ce fâcheux revenu en train de sommeiller dans une pièce contiguë.

Mais ici, toutefois, il nous fut nécessaire de modérer nos élancements afin que nos éclats se cantonnent en nos gorges. Pour l'essentiel, nous pûmes. Nous en restâmes brimés.

J'eus les épaules pressées contre une fine batiste, tandis que ma jeune maîtresse décidait d'autres émois en usant de chevauchements et de baisers muets où nos langues se mêlèrent. Avec ses mèches dénouées, ses cheveux me titillaient jusqu'aux flancs, jusqu'au ventre. Elle sut me préserver, arrondissant sa main autour de mon bonheur.

Alors parut le mari.

Il s'était fait discret, glissant sur des chaussons aux semelles de feutre mou. Il se trouvait lui-même en un simple appareil, couvert d'une courte chemise, le poitrail ajouré. Mais, en premier lieu, ce qui frappait était son honneur débridé, lequel tendait le tissu comme le colossal d'une invite. Pas le moins du monde empêtré, il remonta son voile. En cela, il se découvrit… pour sa femme, et pour moi.

L'homme se montra sévère. Il entreprit de nous séparer. Sa jeune comtesse d'épouse abandonna au ciel plusieurs cris de souris qui n'eurent aucun effet, si ce ne fut que celui d'exciter davantage – au moins, si ce pouvait être possible ! – notre fâcheux en rut. Il me fixa, et il me dit :

— Mon cher monsieur, j'ai cru comprendre céans que vous étiez à mon service. Alors, et de ce fait, et en maître de ces lieux, il est de mon plaisir que vous vous libériez de votre écot nocturne et que vous pratiquiez, pour mon propre bénéfice, l'excellence d'un art vif avec tout cet élan que jadis on prêta au grand dieu Jupiter musardant ses maîtresses.

— Que vous vouliez… que je… ?

Mes bras abandonnant les hanches de la comtesse, mon sceptre coupé d'émoi et roulant sur le côté, je fus repris en main par la ferveur du comte qui me replaça en position. Dès lors, je me retrouvai couché sur le dessus, enfin là accroupi, et peut-être à genoux.

Dans l'intervalle, M. de Morcerf avait fini de se dépouiller. Il se frotta à hauteur de mon dos, et puis encore plus bas. Ce fut pour se lancer, exempt de toute pudeur, dans de surprenants transports que n'auraient point désavoués les adeptes de Priape.

Par-dessus mon épaule, il prodiguait aussi des baisers à sa femme, laquelle les lui rendait avec usure précieuse, enchantée de s'échapper loin de son mauvais pas et trouvant agrément à notre communion aux allures insolites, à cette nouvelle eucharistie.

Je demeurais contracté des reins à mes rotondités. Mais le comte, fou d'émoi, ne sut guère en tenir compte. Il s'enfonça, me pénétra. Il me viola. Je ne pus que pleurer. Je ravalai le torrent de mes larmes brûlantes en pensant malgré moi que ce n'était que justice d'être ainsi entamé comme si j'étais une femme. De récents souvenirs allaient me taraudant, enfin... que j'avais octroyé au maître de céans les rameaux d'un dix-cors et qu'il me renvoyait, cela jusqu'au culot, le fruit finement amer de mes inconvenances.

Las, en dehors de nous, la comtesse piétinait, se lançant désormais dans des excès furieux qui la firent se pâmer. Elle se retrouva à gémir, se trémoussant de belle manière, me caressant dans le réduit où elle se restreignait. Or, cependant, art délicat, ses mignardises renouvelèrent son élan antérieur qui, l'instant précédent, avait été coupé par l'agression du comte.

Ainsi, je m'enfonçai davantage en avant, et plus profondément dans le bijou de la gracieuse. J'étais aussi aidé par la puissance accrue que M. de Morcerf déployait sans répit dedans mon fondement. Ses coups se joignaient aux miens. Ils étaient décalés. Si bien que là, tout en bénéficiant de notre double frénésie, la comtesse entreprit de ressentir – en ses extrêmes – de fabuleux éclatements.

Ses yeux énamourés se pâmèrent dans l'instant, et peut-être mordit-elle distraitement quelques épaules traînantes, d'autant plus que, culbutée et vaincue, tout autant qu'emportée au long de ses plaisirs mille fois chevauchés, elle balbutiait des mots qui rajoutaient un supplément de vigueur à nos poussées de mâles.

Le comte fut le premier à libérer son suc. Je le reçus en mes reins. Il me parut brûlant. Ce fut très agréable. Le devoir m'imposait de transmettre à mon tour ce plaisir jaillissant, d'autant que j'arrivais, moi aussi, au sommet.

La comtesse de Mortcerf n'en pouvait plus de s'écarter. Du moins, là du plus loin. Les tendons de ses jambes en étaient arrivés à leur point de rupture. Fort bellement, avec passion, dans les tréfonds de son ventre, elle acceptait mon poinçonnage.

Dedans, je m'y déversai, usant d'une grande largesse. Elle jouit dans l'instant, mais en se libérant avec une intensité totalement remarquable, enfin donc si complète, et si forte, que j'éprouvais quelque inquiétude. Se serait-elle pâmée ?

Mais non, car là, ensuite, ce fut pour rehausser l'ombré de ses paupières, assurément pesantes, d'une très grande langueur, pour s'humecter des lèvres séchées par nos baisers, pour me faire basculer, et enfin pour s'en prendre au corps de son mari qu'elle retint sur son sein en le pressant avec amour, en l'effleurant au ventre :

— Dieu, vous me pardonnez ? fit-elle en minaudant.

Puis elle se mit à l'embrasser, et cela à pleine bouche, la langue tendue en pic comme le font les garçons. De sa main recouverte du pan tiré d'un drap, elle entreprit de l'essuyer afin qu'il se sente à l'aise. Le comte lui répondit :

— Ma mie, je ne saurais en rien vous reprocher votre inconstance, d'autant moins que votre jeunesse déborde telle une cascade. Je suis resté absent bien plus de jours qu'il n'en fallait, des semaines et des mois. J'y ai forgé mes torts. On ne délaisse jamais une femme, surtout lorsque celle-ci outrepasse la beauté.

Il s'assit sur le lit, batifolant d'une main avec le buisson ombré que la comtesse lui avançait, alors que là, par symétrie, de même il progressait sur ma cuisse détendue :

— Sachons rendre grâce au Ciel des plaisirs qu'il nous livre. Goûtons ces élancements propres à nos âges sereins en moquant les dévots et leur morale rigide.

— Chéri-Dieu, que de mots ! s'exclama la comtesse. Vous me plaisez, ami. Je n'ai jamais porté aucun homme dans mon cœur autrement que vous-même. J'ai compris, je le jure ! Il n'y aura que vous. Je renonce à jamais aux sottes épines griffant tous les mauvais chemins.

Mais le comte la fit taire, et il lui répondit :

— Arrêtez ces serments ! Je n'ai rien entendu. D'ailleurs, là, au premier détour, ils ne tarderaient guère à se muer en lettres mortes, sans compter que votre honneur ne saurait que de s'y égarer.

Que vous vous imposiez les déplaisants carcans d'une illusoire constance me désole grandement. Ce ne sont guère que des mots, madame, ici, qu'il vous faut oublier, alors que tant d'extases s'offrent à nous, présentement. Enfin, mes bons amis, reprenons la besogne. La nuit est encore longue. En son sein se rassemblent bien des félicités qu'il nous faut cultiver et largement répandre.

Certes, et puis le comte d'ajouter, terminant son propos :

— J'ai offert à ce monsieur les élans nectarins que je vous destinais, tandis que, pour sa part, il consommait votre chair. Il vous a honorée. Mais ce n'est pas suffisant. Il m'importe, à présent, de goûter au spectacle, car je veux assister à vos plaisirs communs… et à une place de choix… bien mieux que pressuré dans le dos de ce jeune mâle !

Il se tourna vers moi. Il semblait se complaire aux visions conquérantes de ma virilité. Il y porta la main en me tirant sans trop de douceur. Par là, il me fit rejoindre les abords de son épouse, qui, pour l'heure, se donnait l'apparence d'une vestale, les mains sur son blason, recouvrant ses frisottis, et les lèvres entrouvertes sur une langue émue.

Il nous dirigea l'un sur l'autre. Je fus le plus hésitant. Cette scène m'effarouchait. Elle restait singulière. Enfin... ce furent les mouvements que m'impulsa le comte, les pressions de ses doigts, la complaisance de son sourire qui me décida – enfin ! – à m'introduire où il fallait. Oh, j'en mourais d'envie !

Je n'eus qu'à me propulser avec un seul coup de reins. Le fourreau de la comtesse ressemblait cette fois-ci à une grotte enchantée, n'offrant nulle résistance. Oui : livrée par avance. Elle m'aida en se cabrant. Son mari nous serrait. Nous ne disposions plus de la moindre latitude pour prendre d'autres élans. La comtesse de Mortcerf semblait embarrassée.

Aussi, peut-être était-ce même ici la première fois qu'elle se montrait entière, honorée de cette manière, dès lors prise jusqu'au fond, de surcroît exposée aux yeux de son mari. Là, ce dernier s'en repaissait, tel le meilleur témoin d'extravagantes jouissances.

— Vous me donnez l'envie de foutre et d'être foutu. Voyez donc mon émoi ! s'en extasiait le comte.

— Mon ami, je me pâme, lui répondit sa femme.

Et de se détourner, et de se relâcher, m'abandonnant à demi, et de se dégager une main secourable pour entourer le sceptre que son époux lui présentait. Elle le caressa longuement. Elle lui accordait, dans ses gestes, une douceur fort lente, puis elle lui effleura la hanche.

— Que vous êtes besogneur ! fit-elle, fort extasiée. Il me tarde de goûter à nos anciens supplices lorsque votre décision sera de m'exalter. Car c'est vous, et vous seul – oh oui, dois-je vous le rappeler ? – qui vous êtes longuement absenté du logis.

Elle ajouta :

— Enfin, et lors de votre retour, vous m'avez négligée.

La comtesse se recula en me laissant en plan. Oui, elle me dédaigna :

— Ce jeune éphèbe a pris bonne place. Il a usé ses qualités. Mais ce n'est pas un homme… du moins, pas un homme fait. Il a tout d'un abbé !

Oh, moi ! Oh, la cruelle ! M'abandonner de cette sorte ! D'être abbé, quelle engeance ! Du moins, mon père l'était.

Cette fois, et en usant des droits dont s'honorent les maris, le comte se mit en passe d'inverser son épouse, laquelle rit, consentante. Le bougre prit ma place. Il goûta, dégustant la jonction de deux cuisses accordées sereinement, graissées à la cyprine. Bien sûr, ce pouvait être le fruit de mes anciens exploits, de même que le relâché de mes caresses soutenues.

Alors donc, sa jeune femme l'accueillit et ce fut un gazouillement, cent et une de ces plaintes qui sont loin d'être sources de douleur formulée, mais plutôt l'expression des murmures qui se complaisent à fustiger l'ardeur des amants exténués. Or ici, dans cette chambre, personne ne semblait l'être, et surtout pas le comte !

Car M. de Mortcerf, du moins pour ce que j'en vis de son postérieur et de son dos, était un fier gaillard, aux muscles secs, à la carrure d'un vrai soldat. Une cicatrice ancienne lui tailladait la hanche. Mais, loin de l'enlaidir, elle se prêtait à rehausser son apparence virile.

Il naviguait, heureux. Il commençait à égrener nombre de gémissements tandis que la comtesse lançait, en direction du Ciel, ses jambes en frénésie. Moi, je fus entraîné.

Dans mon passé galant, j'avais, et bien souvent, goûté aux fruits pervers dont mes maîtres socratiques se plurent à m'abreuver. Aussi, la vue de cette postface me donna un coup de fouet. Je fus d'un coup relancé et je me précipitai. Je me mis à genoux au-dessus de la figure. Ce fut pour m'introduire au dedans même du comte, par son fondement offert. Je lui rendis la pareille de ce qu'il venait de me faire, conservant en mémoire notre assemblage ancien.

Le mieux, ce fut que mon hôte ne s'y opposa pas. Oui, mais quand même, au demeurant, notre secousse fut rude. Elle sublima aussi les propres efforts du comte, comme ceux de pénétrer bien davantage encore dans les entrailles offertes par son épouse écartelée. Tous les deux, ils lancèrent un grand cri de ravissement.

— Oh, mon cher Gabriel, me décocha le mari poinçonné par mes soins. Gabriel, vous nous comblez, et cette fois doublement. Continuez, je vous prie.

Fustigé de plaisir, galvanisé de fougue, j'agis en belle cadence tout en multipliant les frénésies de mon tempo. Très vite, je fus près de l'éclatement. Oui, mais, les autres aussi. Ainsi, ce fut un triple déferlement avec des cris perçants qui vinrent se prolonger en accordailles brillantes au travers du grand lit.

Nous glissâmes sans tarder, avant de nous démettre. Notre regard errait dans des lueurs bien vagues, si bien qu'il nous fallût un espace de repos avant de retrouver une respiration naturellement tranquille. La comtesse, la première, se permit un commentaire. Elle désigna ma hampe pour l'œil de son époux :

— Dites-moi, mon ami, et pardonnez d'avance ma trop grande naïveté, si celui qui se glisse dedans votre voie étroite éprouve un plaisir vif du fait de la modestie que lui offre le conduit, vous-même qui recevez devez en éprouver quelque douleur gênante sous la pression virile de cette grosseur en expansion ?

Elle ajouta, mutine, semblant chercher au loin une poussière fâcheuse qui se serait glissée au travers de ses cils :

— Moi-même et sans onguent, parfois cela me navre lorsque trop violemment des membres s'introduisent et se révèlent en ce fondement que j'entrouvre à l'excès en me mettant à genoux, en haussant mes jumelles, en y portant la main afin de m'écarter aux plus extrêmes de mes textures.

— Ce n'est, répondit son mari, que vous n'avez usé que de techniques offertes par des faquins incultes, de ceux qui ne savent moduler les hommages qu'ils accordent à leurs maîtresses pâmées, consentantes à offrir le meilleur de ce corps dont Dieu les a dotées en l'infini de son indulgence.

Il allongea la main, et ce fut pour saisir – aussi pour titiller – le bouton brun de sa femme, celui que cette dernière lui présentait, curieuse des énergies qu'elle pressentait en gestation au creux du ventre de son époux. Ce dernier poursuivit :

— Avec un bon amant, se trouvant très au fait des émois féminins, vous n'auriez pas souffert, et mieux, et davantage, vous auriez découvert des plaisirs sans mélange, tous des plus différents que dans une communion aux façons naturelles. Certaines femmes que je sais s'y plaisent et en redemandent. Elles préfèrent, avant tout, pécher de ce côté-là.

— Ami, vous me semblez meublé de sciences plutôt ardues, cavalièrement solides. Si j'ai dû consentir à cette caresse étroite, c'est plutôt davantage pour ne pas offusquer mes jeunes amants de l'heure. Car, à présent, je peux bien vous l'avouer, jamais je n'y ai trouvé un plaisir véritable.

Rien que de la douleur, avec une persistance avant tout ennuyeuse, et même après que l'instrument se fut ôté de mes glandes !

— Mais des faquins ! vint répéter le comte, à moitié méprisant, à moitié attisé. Oui, mais aussi, madame, vous en êtes la coupable de ne point avoir trié la qualité de vos galants.

Mais ici donc, Aurore se fit, au plus près, cajoleuse. Puis elle me regarda :

— Sachez qu'avec monsieur, que dans la compagnie de notre Gabriel, je ne me suis – et jamais une seule fois – aventurée sur ce chemin. Oui, ensemble, raisonnables, nous n'avons caressé que le buisson du ventre.

— Alors, répliqua le comte, dites-moi donc, madame, pourquoi ne pas considérer que ce jouvenceau à nos pieds ne saurait posséder le don de vous aimer par la voie postérieure, l'aptitude de vous assurer une extase assez bonne pour que votre sang se trouble, de bonheur, d'enchantements.

— Oh non, ne m'encouragez pas ! répondit la comtesse en relevant la tête. Car si je n'ai, au grand jamais et à nulle occasion, pratiqué cette union avec monsieur notre maître de latin, ce fut surtout à cause de sa belle taille offerte, de la démesure de son sceptre. Il m'a semblé énorme, et mon trou si petit !

— Enfant ! sourit le comte. Je le confirme une nouvelle fois : vous manquez d'expérience ! Ce qu'il vous faut, céans, c'est une docte pédagogie qui saura au plus juste doser l'introduction, faire en sorte que les chairs aient le loisir de se détendre, et que la volupté enfouie au dedans d'elles prenne le meilleur sur la douleur.

— Ainsi se pourrait-il... que vous soyez aussi un mentor scrupuleux, me conduisant à déguster ce nouvel enseignement ?

— Certes, oui, mon amie. Un mari a comme charge d'instruire, là ici, au plus près, les sens de son épouse, comme en bien d'autres domaines. Mais aussi, par ce biais, faire en sorte que la belle, dans un retour gracieux, puisse répercuter l'attention en venant combler d'aise les nuits que tous les deux s'en viendront partager.

Il ajouta, cette fois dans un élan non feint :

— Nous avons Gabriel. Il peut servir d'outil.

Je sus le commandement et je me relevai. Au moins, je quittai le lit et je fis face au comte. Ce dernier me saisit dans mes œuvres viriles. Ce fut pour me donner un émoi d'étalon. Ainsi, je me trouvai si tendu que mon membre titilla la peau lisse de mon ventre, cela jusqu'au nombril.

— Prenez place, s'il vous plaît, madame. C'est un travail.

Il me quitta un bref instant. Mais ce fut pour forcer la comtesse à se courber, et à placer sa tête entre ses bras croisés. Répandue alentour, son ample chevelure la masquait jusqu'aux hanches. Peut-être était-ce voulu, afin de dérober son désarroi, sa honte ? Le comte lui releva une croupe tentatrice. Eut-il peut-être l'idée d'être lui-même acteur ? Mais non… non, il fut fort. Je m'en confortais : son plaisir s'enchantait, ici et avant tout, dans la vision des choses.

Enfin, et propulsé au tout dernier moment, je me montrai rétif. J'étais doucement poussé le long de la comtesse, et dans une si belle forme que je ne pouvais que succomber. Aurore était relevée. Je la voyais entière. Elle offrait aux lueurs ses deux chemins d'émoi. Vue sous ce nouvel angle, sa toison était rare. Elle découvrait des lèvres qui quêtaient un hommage.

Je me sentis confus. Mais sa fleur supérieure, l'amorce de sa voie étroite, palpitait de retenue. La comtesse de Mortcerf se voulait en attente, de même que son mari qui s'en était allé pour prélever – au dedans de sa trousse – un onguent bienheureux.

L'odeur en était forte. Il m'en enduisit tout, du prépuce jusqu'aux bourses qu'il flatta au passage. Puis, d'un doigt fort léger, il alla vers sa femme, laquelle distillait ses émois, son attente merveilleuse, avec toujours sa croupe levée comme il fallait. Il l'écarta doucement. Il l'enduisit de crème, ce en s'introduisant jusqu'à la seconde des phalanges.

La comtesse relâcha le tout premier de ses gémissements, ce qui la fit se cambrer encore plus que jamais, apte à me présenter une nouvelle voie mal défrichée. Mes soupirs de conquérant allaient s'intensifiant.

Enfin, je fis le geste que la belle attendait. J'usai d'une grande douceur, musardant aux orées. Puis, l'ouverture calmée, je poursuivis mon chemin. La comtesse tressaillit. Elle étouffa un cri.

— Vous ai-je mal pénétrée ? m'enquis-je, déjà confus.

— Mais non, répondit-elle. Ce n'est que de la surprise. Il me semble que le plaisir renverse l'ancienne douleur. Oh, plus loin, mon ami ! Osez vous développer. C'est un ravissement que je ressens s'accroître aux abords de mes reins. Vous en êtes l'artisan. Vous-même, j'en suis certaine, vous n'allez pas tarder à venir déguster un sublime comparable.

Ces paroles chuchotées par une voix étouffée, mais si empreinte d'un souffle rassemblé en candeur, témoin d'un fol espoir impétueusement échevelé, me fustigèrent au ventre. Alors, en m'accrochant des deux mains à ses hanches, j'allai au bout du temple. Je disparus dans le fourreau, tout entier jusqu'aux bourses. Puis j'en ressortis, à demi.

Après encore, ce fut pour m'y renfoncer, en me lançant cette fois dans une cadence soutenue, au début bien modeste, oui, mais qui sut progressivement s'étoffer quelque peu pour devenir alerte. J'étais détaché de mon corps. C'était un autre que moi qui terrassais la jeune comtesse. Là, cette dernière subit l'assaut, mais le plaisir qu'elle nous livra, en mots juste balbutiés, fut un jardin de ravissement :

— À Dieu ! faisait-elle en émoi. Je ne sais plus ! Je ne sais rien ! Cette brûlure me fouaille jusque dans les entrailles, et au cœur ! Je m'y liquéfie, et j'y succombe ! Oh, mon ami, merci ! Merci de la douceur engagée par votre vit. Oh, mon mari, merci ! Merci de m'avoir imposé qu'en votre sage présence, je me fasse foutre par le derrière.

Oh, Seigneur, me lança-t-elle, allez donc bien plus fort, et aussi bien plus loin ! Vous êtes trop doux, enfant ! Je veux que votre soc me défonce comme une glaise !

Moi, je ne savais plus. Je me sentais entraîné par d'amples allées et venues, hors de tout commandement. Je goûtais le plaisir du contact et de l'ensevelissement, la croupe de la comtesse désormais haut relevée, mes reins qui se creusaient dessus une femme livrée, avec sa précieuse nudité offerte aux cheminements du mâle intensément ardent que j'étais devenu, et qui feulait de plaisir. Cette fois, ce fut un hurlement. La comtesse défaillait :

— Je suis au bout ! Allez ! Que vous me remplissiez !

Elle redoubla de cris. Puis nous nous déculâmes en restant dans notre sueur. La comtesse se passa la main entre les fesses, au moins pour y pêcher le restant de l'onguent, aussi une fleur de foutre, surtout pour prolonger, de ses doigts adoucis, le contact viril que j'avais su y mettre.

Aurore se désunit, puis elle quitta le lit. Toute nue, pudeur bue, elle se tenait entre nous deux, les cheveux dénoués pour lui couvrir les seins. Elle nous prit par la main. Dans ses yeux éclatait un feu d'étoiles sans nombre :

— Qu'ai-je, maintenant, à dire ? Était-il même possible que je puisse avoir vécu sans connaître un bonheur aussi complet, intense ? Et puis vous, oui, monsieur mon mari, merci une nouvelle fois de m'avoir accordé que je sois besognée par cet éphèbe courtois, de surcroît latiniste. Il m'a ouvert une voie que je ne manquerai jamais de proposer à nouveau.

S'avançant chez chacun, elle se saisit de notre membre. Ce fut pour insister sur celui de son époux :

— S'il vous plaît, mon ami, si votre émoi se veut d'atteindre d'autres sommets, je vous propose céans de monter à l'ouvrage, de remplacer Gabriel dans ses œuvres de chair, enfin de prendre sa place, car je saurai m'agenouiller, vous offrir le meilleur de mon fondement relevé, entrouvrir galamment l'entrée de ma voie étroite.

Ensuite, elle ajouta, tout en se barattant délicatement du bout des doigts, se faisant elle-même jaillir le plus sensible de son blason :

— Oh, mon mari, oh oui ! Que j'aimerais vous faire plaisir ! Oh, Dieu ! Nous serons un spectacle digne d'une scène impériale. Mon maître de latin, il nous regardera. C'est que j'aime être vue ! J'en tire grand bénéfice ! Une folle excitation !

Elle entreprit le comte directement par l'entrejambe, puis revint sur le lit, reprit sa position, celle que la nature impose aux femelles proposées. Moi, je me mis en face et, après avoir contourné le lit de nos ébats, je leur dis mon idée :

— Nous pourrions tout autant figurer autrement, et profiter de cette femme comme deux amants pressants, ainsi lui octroyer une double volupté par un surcroît d'introductions, tout en usant de nos agitations, indépendantes et dissociées.

— Mais comment ? Expliquez.

— En me glissant dessous votre femme et en communiant au plus près, classiquement. Cela ne vous gênera pas.

— Intéressant, très bien. Mais vous, madame, sauriez-vous, en votre ventre, accueillir mon émoi, ceci en vous ouvrant d'une tout autre manière, libérant vos jumelles, accompagnée par la tension de notre Gabriel ?

Mais ici, la comtesse se releva la tête. Elle fixa son mari, cette fois interrogatrice :

— Je ne l'ai jamais fait. Oui, mais, selon votre désir et si vous me l'ordonnez, comme une épouse soumise, je vais vous obéir, accueillir ce garçon entre mes lèvres du ventre, et cela sans troubler votre pénétration, celle qui va s'avancer au plus profond de mon fondement.

Ce fut dit, accepté, et même avec enthousiasme, tout en se dessinant près des rivages de la nouveauté.

Je m'allongeai plat dos, en me soulevant les reins par le biais d'un coussin. La comtesse s'écarta, m'accordant un instant la fugace envolée de son anatomie, pour venir me saisir et puis de s'empaler. Elle se cambra de réflexe, vint mettre sa tête au long de mon cou, me cajolant sur le côté, me caressant le visage avec la luxuriance de ses cheveux épars. Ses seins s'écrasaient sur les miens, et si fort que je sentis les pointes de ses tétins s'incruster dans ma chair.

La vision, par-derrière, devait être charmante. Certes, je la devinai, et ici, pour un peu, j'aurais tiré avantage à changer de position, tout en m'accordant celle que n'allait pas manquer d'occuper monsieur le comte.

Mais j'étais galant homme, d'une éducation exemplaire pour les choses du plaisir, si bien que je n'eus la volonté que de me laisser aller à de petites poussées qui firent que notre belle Aurore commença à gémir.

Sur le coup, son époux s'activa. Il franchit les murailles autour de l'ouverture avec une douceur subtile et étudiée, conséquence d'expériences acquises sur le métier. Rendu au terme, il s'engagea, poussant en profondeur, ce qui fit que la comtesse défaillit davantage. Elle mordit, elle griffa. Elle gronda son plaisir jusqu'à me baiser avec sa langue, vraiment me pénétrer en m'entrouvrant les dents, là tout en me recherchant dans une forme de désespoir apparemment hâtif.

Enfin, le comte et moi, nous avions, l'un et l'autre, décuplé notre allant, si bien que nous nous rencontrâmes au beau mitan de notre cavalière tandis qu'un voile unique, formé d'une peau mince, vraiment si délicate, nous séparait à peine pour brider le fougueux de nos propres béliers.

Nous nous saluâmes de cette manière, dans l'endiablé de notre allégresse. Les cris de la comtesse, ses pâmoisons qui se succédaient, décuplaient nos ardeurs et nous faisaient grandir, encore et davantage... et si cela pouvait être possible !

Aurore me mordit jusqu'au sang. Sa jouissance suprême, renouvelée cent fois, la lubrifiait d'excès jusqu'à tremper mes bourses, et jusqu'à soutenir mon va-et-vient heureux. Je m'empressai de me répandre. J'allais... mais ce fut le mari qui, le premier, lâcha. Je perçus son émoi à travers les parois de notre léger rempart. Aurore aussi, bien sûr, fut instruite de la chose, si bien qu'elle se détendit, cette fois passant les mains tout au long de ses hanches et s'écartant les globes. Moi aussi, j'arrivais.

Nous nous confondîmes en trio. De plus, il y eut ici le comte, bien au-delà de son plaisir, qui ne s'était pas retiré.

— Ah, je meurs ! s'écria sa jeune femme en roulant de côté, et sans même essuyer les larges traces de foutre qui la constellaient d'importance, depuis le nombril jusqu'au dos.

Ses deux amants s'y mélangeaient.

Mais, non, elle ne mourut pas. Elle n'en eut pas la force, et nous pas davantage, car nous nous endormîmes et il fallut, au moins, le premier chant du coq pour que j'aille me gîter tout au fond de ma chambre. Espérons que les valets – et les servantes itou ! – puissent s'être retrouvés, dans la nuit tout entière, en un état sournois de parfaite surdité !

***

Mathilde s'en vint à mon chevet. C'était qu'il était presque dix heures et que ma tête sonnait. Je devais y chercher quelque manque de sommeil. Elle me dit qu'une grande tasse de cacao fumant m'attendait au salon, avec du beurre salé baratté au domaine, et puis avec du pain cuit de la nuit dernière.

Mathilde était pucelle, assurément naïve. Je la savais orpheline, et sans fortune non plus, ce qui faisait que la comtesse la pressait sous son aile, moitié par charité, et moitié par calcul.

Nous y reviendrons assez tôt.

La fille finit par se griser dans les jeux délicats que nous lui réservâmes.

Mais seulement, pour le moment, ma délicieuse maîtresse m'avait tenu de court, exigeant que jamais je ne rencontre la belle seul à seule, sans chaperon. Or, ce matin – oh, Dieu ! –, les choses avaient changé. J'avais la permission. À moi le bon usage !

En dépit d'héritage, Mathilde pouvait avoir ses seize ans révolus. Du moins, de quelques mois. Sa taille était déliée. Ses seins se montraient petits, comme ceux-là se présentent souvent à ce bel âge, mais s'attachant très hauts, assez impertinents, comparables en cela à des framboises cachées.

Elle baissait des yeux chastes, aux cils longs et précieux. Sa peau se recouvrait d'un nacré de bon aloi lorsqu'en sa direction glissaient des paroles lestes, de celles qu'aiment les garçons. Certes, oui : elle rougissait. Elle portait sur le front l'image de son blason que jamais aucun homme n'avait même entrevu, et encore moins touché ! Pourtant, elle y mêlait une once de perfidie. En fait, elle était femme :

— Mais qu'est-ce donc que ceci ? demanda-t-elle, troublée.

— Oh, ça ?

Je n'étais pas en train. Il n'y avait que ma chemise boursouflant sur mon ventre, loin du drap repoussé et de la couverture. Gros à parier, cette fois, que notre douce Mathilde ne savait rien des hommes.

— Ce n'est pas grave, pour l'heure. Mais en ouvrant la main, en recourbant les doigts, et en y associant un va-et-vient de pitonnage, il se pourrait alors qu'un mât prenne son essor, et bien assez pour se relever au plus haut ma chemise, là, jusqu'à mes genoux.

— Alors, ce serait magique ! Oh oui ! Oh, merveilleux ! Un miracle de Dieu ! Vraiment, comme j'aimerais voir votre drap se redresser ! Je pourrais raconter...

— Heu non, peut-être pas. Il serait mal venu. On risquerait de vous prendre pour une gentille friponne.

— Je suis encore pucelle.

— Cela, je le conçois. Mais que cette belle richesse ne se veuille pas être l'obstacle qui vous empêcherait de vous rapprocher de moi, et d'aider le prodige.

Je me sentais moelleux, mais sans désir marqué de me redresser plus avant, comme de jaillir en promptitude. Seulement, il y eut Mathilde pour y placer les doigts. Elle eut le bon réflexe, car, et là sans se disperser, oui, à travers le drap, elle m'enserra en plein.

— Comme c'est gros, me fit-elle, cette fois-ci déconcertée, et puis d'une fermeté que je n'ai rencontrée que dans les pieds de cochon lorsqu'on taillade le lard.

Je me retrouvai dans les émois, et pour l'heure entraîné. Ma main se fit gredine. Elle alla se loger dessous l'ourlet d'une jupe qu'elle remonta sans heurt, famélique de secrets, jusqu'à frotter une motte découverte hors d'armure.

Certes, la jeune Mathilde tenta l'effort de se reculer, mais sans y parvenir. Du moins, le voulut-elle ? Elle pensait à un jeu. L'interdit dominait. Je me disais, aussi : « Surtout qu'elle ne me lâche point ! »

— Mon bon monsieur, se défendit-elle, mais vous me chatouillez ! Votre doigt indiscret essaie de m'écarter, alors qu'à l'autre bout, votre ouvrage se développe. Oh non, quel drôle d'effet ! J'y perçois à présent l'amorce d'un plaisir.

— Situation pour le moins savoureuse, mais qui saura se prolonger si vous restez ouverte. Allons, avancez donc afin que ce soit commode, et terminez votre belle envolée. Troussez-vous jusqu'au ventre.

Ce fut miraculeux. Sans s'offusquer, elle m'obéit. Un temps, elle disparut sous une avalanche de jupons, mais sans que je l'abandonne. Mon doigt poursuivait son service, amenant la pucelle jusqu'au dernier palier d'une volupté marquée, sur le moment dissipée.

— Oh ! fit-elle, asservie, et en se creusant les reins. Jamais je n'aurais cru qu'une main masculine puisse m'offrir un bien-être qui me satisfasse autant. Alors, et ces dernières années, me serais-je donc trompée ? Aussi pourquoi mon confesseur aurait-il occupé autant de ses loisirs à m'inculquer si fort les perditions de mon ventre et à me débiter un tel surcroît de billevesées ?

Elle balbutiait, quelque peu égarée, en se retenant à mon vit comme un naufragé à sa bouée, en donnant quelquefois des coups de poignet hasardeux tandis qu'à l'écart de ses doutes elle s'acquittait de sa tâche avec une telle abnégation que ma gentille pucelle assurait par elle-même l'essentiel de l'affaire. Là, mon désir saillait.

Pourtant, ce matin-là, malgré l'éclat du décorum, il ne put se conclure le moindre égarement. Des pas traînants se devinèrent et

Mathilde me lâcha. Elle fit retomber sa toilette tandis que, pour ma part, je ramenais mon doigt. Nous retrouvâmes nos allures sages.

— Il y a quelqu'un. On vient.

Mais il fallut, là, cependant, que je pousse mon avantage. L'oiselle me semblait à point. Aussi lui avançai-je, dans un souffle discret :

— Cette nuit, vous laisserez ouverte la porte de votre chambre. Je viendrai vous rejoindre et je finirai l'ouvrage que j'eus l'honneur, céans, d'entamer plaisamment.

— Enfin, vous m'instruirez ?

— Tout à fait, belle enfant.

Gorgée avec ces mots d'espoir et aussi de confiance, rougissante par avance, elle s'en fut, silencieuse. Elle se trouva remplacée par le comte qui guettait. Morcerf me félicita :

— Vos élans de la nuit ne vous ont point suffi ? Il fallait qu'en cette heure vous choisissiez d'autres herbages, la naïveté, la maladresse et des rougeurs en fins boutons ? Qu'attendez-vous de cette fille ?

— Je vous promets... Je... je...

— Inutile. J'ai tout vu. Je me tenais à l'écart, mais j'ai pu me rendre compte qu'elle vous maniait fort bien.

— Rien qu'un peu, par instants.

— Oui, mais, avec une belle allure, tandis que de votre côté vous lui rendiez hommage en lui manipulant la motte, par-dessous ses jupons.

En une tout autre maison, j'aurais été contrit d'avoir autant usé, certainement abusé, d'une fille au blason neuf. Mais ici, au contraire, le maître semblait guilleret, et pas du tout fâché, et même qu'il abondait dans le sens de mes vues. Il me dit :

— Ce soir vous la voulez, et ce soir vous l'aurez. Mais une fois déflorée, mais une fois initiée, nous viendrons en cortège afin de nous y associer. Je l'ai jaugée, ce matin. Elle sera bonne élève, comme une très jeune pouliche récemment débourrée.

Je n'étais qu'en chemise. J'endossai un caleçon.

***

Ce fut, peu de temps après, la fin de la matinée. Je demeurais absent, penché à la fenêtre et regardant le parc, les cygnes sur le bassin dans leurs cercles renouvelés, quand Aurore vint me rejoindre avec le souffle chaud, tandis que son époux, le noble comte de Mortcerf, se tenait à portée de voix :

— Oh, mais, qu'est-ce donc que j'apprends ? me fit-elle en réprimande. Que vous avez corrompu les naïvetés de ma pupille, que vous avez caressé notre innocente Mathilde, celle que je conservais pour plaire à mon mari, pour lui faire ce cadeau d'une vestale innocente ?

— Madame, je ne savais pas, tentai-je de me justifier. (En fait, pour le moment, sans conviction réelle.) J'ignorais que cette pucelle restait une chasse fermée.

— Suffit ! Le mal est fait ! Si j'en crois ce qu'on m'a dit, son rêve, en cet instant, se porte sur votre personne. Elle ne songe plus qu'à s'immoler. Pourquoi donc vous combattre ? Sauf, à une condition...

— Dites-moi, madame, laquelle ?

— Je veux y assister, être maîtresse, ordonnatrice de cette cérémonie, la suivre de visu, aussi participer au sacrifice de cet hymen.

— Ce serait effarouchant pour une enfant naïve.

La comtesse éclata d'un grand rire débordant :

— Oui, mais elle m'est dévouée ! Elle m'accorde sa confiance, et elle m'obéira ! D'ailleurs, je vais vous montrer.

Et de se retourner en direction de son mari :

— Très cher, s'il vous convient, allez dire à Mathilde que nous la souhaitons. Sur-le-champ : il m'importe. Mais vous, mon gentil Gabriel, que vous restiez présent. L'aventure vous attend. Vos vapeurs sont brûlantes.

Elle ajouta, très gaie :

— Surtout, ne la touchez pas ! J'exige que vous m'abandonniez la direction des choses.

Il y eut une longue pause, un silence entre nous, le temps que la comtesse se compose d'autres traits, ceux d'une maîtresse sévère à l'œil inquisiteur, susceptible d'accorder coups de verge et taloches.

Enfin, Mathilde parut, mais seule et sans le comte. Elle me sembla tout empruntée. Elle se frottait les mains les unes contre les autres. Elle remontait aussi le bombé de son corsage. Elle n'en finissait plus de nous regarder, sans comprendre. Certes, avec la comtesse, nous devions, tous les deux, avoir un air curieux.

— Ma chère, entama cette dernière en entourant de ses doigts les poignets de sa pupille, je pense venu le temps qu'on vienne vous enseigner sur les mystères que l'âge développe sous votre robe, et de l'usage poli qu'il convient d'en user. Je sais...

Ici, Aurore me regarda d'un air fort hypocrite. Elle revint vers Mathilde :

— ... Je sais que quelquefois vous tentez d'en user, mais hors de toute méthode, en demeurant brouillonne. Vos draps abandonnés multiplient les messages, si bien que le devoir m'oblige à vous guider, aujourd'hui, sans retard, dans le raffiné des labyrinthes, au plus précieux de ces transmutations.

— Si fait, madame, je vous en sais gré, répondit sa pupille. Il est vrai que, depuis peu, je ne comprends pas toujours.

— Vos tétins s'arrondissent.

— Madame...

— Mais aussi, continua la comtesse, par moi-même, en cette heure, il est indispensable que je puisse constater si ces pauvres chéris ne souffrent pas le martyre à cause de trop de rubans que vous auriez serrés.

Oh, cette fois, à présent, Mathilde doutait des mots. Elle se porta les mains largement écartées pour se masquer les seins :

— Je..., fit-elle, balbutiant.

Mais la comtesse était lancée. Elle fut d'une grande rigueur. Elle se tourna vers moi :

— Allez, cher Gabriel, soyez de bon office. Délacez son corsage, afin que, tous les deux, nous jugions de concert du charme que peuvent offrir des fruits justes mûris.

Là, du fait, j'hésitai, d'autant que la jeune pucelle se tenait interdite avec les yeux piquants. Elle eut un réflexe brusque. Elle me saisit les doigts juste avant que j'effleure les côtés de sa gorge. Mais Aurore réagit. Elle n'attendait que ça pour s'avancer en plein, et pour nous entraîner :

— Savez-vous, ma petite, que vous n'avez plus l'âge des pudeurs enfantines et qu'il convient aux filles d'exhiber à loisir ce dont le Seigneur les a pourvues, ce qu'« Il » a modelé pour le plaisir des sens. Toutefois, je vous l'assure, je me refuse à vous abandonner, seulette et ingénue, sur des chemins pierreux. Rien de cette sorte ne serait convenable. D'ailleurs, pour vous aider, ou pour aiguillonner l'envolée de votre courage, je vais donner l'exemple, et me dépoitrailler !

Ce disant, la comtesse entreprit de dénouer ses propres cordons de gorge et de baisser elle-même ses épaulettes ornées. Elle nous fit découvrir deux merveilles relevées.

Je ne fus pas curieux. C'étaient ces mêmes mamelles dont, côte à côte, la veille, en compagnie de son mari, j'avais pris grand plaisir à malaxer et savourer. Cette fois, ce ne pouvait être, du moins en ce qui me concernait, une totale nouveauté.

Mathilde reçut l'image comme la piqûre d'un aiguillon.

Elle me lâcha les mains. Elle se démit toute seule. Hésitante quelque peu, elle entreprit ensuite de faire glisser ses propres rubans, de se dénuder jusqu'à la taille. Ses globes nous apparurent d'un galbe peut-être modeste, oui, mais en passe de révéler de solides luxuriances. Ses tétins se coloraient d'une saillie plutôt sombre. Ils se maintenaient au plus haut, d'une apparence sans fléchissements.

— Voyez... très bien, fit la comtesse en s'approchant jusqu'au contact, là en tâtant d'une main et en pinçant de l'autre. Mais ce n'est pas suffisant.

— Ah oui ? Mais quoi, madame ?

La pauvrette aux seins nus ne savait plus – cette fois – ce qu'il convenait de faire, et combien fort étrange se trouvait cette séance de nudité de bain au milieu du salon.

— Votre ventre, indiqua la comtesse avec un doigt pointé qui se voulait inquisiteur. Il nous faut constater s'il est en concordance. Serait-il resté imberbe et sans duvet proliférant, ou lui serait-il poussé une toison furtive ?

Mathilde lui répondit :

— Depuis une année pleine, je ne me vois plus entière. Une fourrure se recourbe, et mes poils, l'un sur l'autre, se multiplient en boucles que je me dois de ranger, de séparer avec les doigts. Autrement...

— Voyons. Allez-donc, Gabriel, et relevez-moi ces jupons que nous constations l'avancée.

Oui, mais, ici, cette fois, dans un accent de vivacité, la pucelle se rétracta. Elle m'opposa sa force, un fol élan de pudeur afin de préserver les dérobés de son ventre.

— Enfant ! lui jeta en mépris la comtesse échauffée. Faut-il que l'on vous force, que l'on vous montre l'usage, tout comme la politesse ? Regardez-moi, enfant. Gorgez-vous le regard.

Et là, rapide et frétillante, Aurore entreprit de se trousser, remontant ses jupons bien plus haut que son ventre. En l'usage de ce temps, et bien qu'une mode récente ait sournoisement contré le bien-fondé de la chose, les femmes ne s'affublaient jamais d'une culotte de dessous. La comtesse dévoila le cilice de ses cuisses, moussant, et puis frisé, d'un noir de jais plaqué par-dessus sa peau claire.

— Voilà ! nous fit-elle, triomphante. Mais est-ce bien suffisant pour calmer votre pudeur ? Allez-vous nous montrer votre ventre dénudé, ou encore résister face aux secours de ce garçon ? J'ai donné mon exemple.

Alors, et comme en se jouant, Aurore nous accomplit plusieurs pas cadencés. Elle se fit admirer sous ses meilleures coutures. Aux perles de son émoi qui roulaient secrètement au débouché de son buisson, je ne fus pas loin de supputer que notre belle amie mourait d'envie que je m'approche, que je lui porte la main.

Enfin, les hanches tremblantes, recouverte d'une rougeur jusqu'au milieu des seins, Mathilde se résolut et elle s'exécuta. La pucelle enjamba ses tous derniers jupons. Ce fut pour nous livrer une ombre de duvet, une délicate toison adoucissant ses lèvres, aussi son précieux temple qui me faisait envie.

Mais ce fut la comtesse qui, la première, toucha. Elle caressa doucement d'un mouvement oscillant, cela en s'attardant sur un repli caché, sur les détours d'un bouton haut que de caressants contacts eurent le bonheur de décupler.

Mathilde ne sut que de gémir, se penchant vers l'arrière. Elle fit saillir son ventre, mais sa robe et son restant de jupons gênèrent cette entreprise. Oh oui, oh certainement, elle aurait bien sûr eu un meilleur avantage à se montrer entièrement nue.

— Gabriel, s'il vous plaît, approchez-vous de cette enfant. Apportez-lui votre secours, comme l'empressement de votre frénésie. Moi, j'aurais préféré, mais je ne suis qu'une femme, une créature que la nature n'a dotée d'aucun soc, d'aucune charrue de labour... que ma langue, que mes doigts, si bien... que pourrais-je faire, ici ? Oh, oui, là pour les hommes, quelle excellente fortune !

Ce faisant, elle passa par-derrière sa pupille, et elle la dégrafa dessus son fondement. Elle fit tomber la robe. Cette fois, c'était bien mieux. Mathilde se retrouvait en meilleure liberté. Un restant de pudeur lui envahit les mains. Elle se couvrit les seins. Seulement, mon intérêt se trouvait bien plus bas, dans les abords étroits d'une précieuse caverne qui palpitait dorénavant en des spasmes haletants.

Résolu, je succombai. J'y enfonçai les doigts. J'eus l'hymen à portée. Mais là, ce n'était point l'ultime de mes souhaits. J'allongeai donc la belle en plein sur le tapis tandis que la comtesse, en suivant mon manège, s'accroupissait devant Mathilde, entreprenant de la baiser en bouche puis de lui titiller l'extrémité des seins.

À mon tour, je me plaçai à genoux. D'un unique tour de main et sans le moindre émoi, j'eus tôt fait de lancer mes chausses loin des moulins, de me retrouver nu, sur les jambes, sur le ventre.

La fierté de mon sexe se dressait tel un pic. Cependant, je me maintenais fort calmement aux portes, et sans me précipiter. Je savais que cette fleur conservée par les filles devient toujours sensible lorsqu'on l'honore de trop d'émois, et aussi que l'hymen arrive, en quelques fois mauvaises, à se gâcher sous les excès d'une soudaine frénésie.

Ainsi fus-je délicat. Je m'appuyai doucement, tout en multipliant de fréquents retours en arrière, ressentant dans l'affaire un contact singulier : celui d'un rempart d'innocence.

Entre-temps, j'amorçai ma conquête. Il fallut bien le faire. Mathilde se redressa, ou plutôt elle tenta, tandis que sa marraine – oui, c'était la comtesse – l'immobilisait en fermeté, de la main, de la langue. Mathilde devenait femme. Elle se mit à crier :

— Ah, je meurs ! Ah, je souffre ! Mais Dieu que ça me semble bon lorsque vous enfoncez vos chairs devenues drues, au dedans de mes sillons ! La douleur... certainement ! Oui, mais... ce devient volupté !

La comtesse, affairée, n'en pouvait plus d'attendre. Elle se glissa le long de nos hanches, commode pour avancer une main indiscrète. Elle m'entoura la base en un anneau de chair afin que, propulsé depuis le fond de ma chaude frénésie, j'évite de m'enfoncer, du moins trop violemment. Parallèlement aussi, Aurore brossait la chair de sa pupille pâmée, usant d'un glissement sans cesse renouvelé.

Son secours fut plénier, si bien que je saluai cette adresse si savante qui nous entraînait tous. Il me fut impossible de ne pas me cabrer, tandis que notre Mathilde se répandait d'allégresse en un surcroît de moiteurs. Ces dernières débordaient au niveau de ses cuisses tout en facilitant mon mouvement oscillant. Elle cria plusieurs fois, mais ce fut un bonheur. Sa jouissance se renouvelait. Enfin, elle cascada, ici sans s'arrêter.

Moi aussi, moi de même, j'arrivais au sommet, si bien que je me répandis. La comtesse se coucha sur le ventre de Mathilde. Elle ne s'était pas repoitraillée, si bien que ses tétons se frottaient insolemment sur le corps nu de sa pupille. D'un fin mouchoir de batiste, elle entreprit de la nettoyer. Les coulures de mon foutre s'y glissaient, conquérantes.

Aurore mena l'ouvrage, et d'une très belle façon. Elle se montra habile, d'une efficacité à nulle autre pareille. Elle alla au plus loin, dans des endroits secrets ignorés du commun, dans ces antres répudiés où aucune de nos mains n'avait jusqu'à présent goûté le délié. Elle fut d'un soin extrême, si bien que la jeune Mathilde s'en retrouva séchée, mais toujours me tendant ses bras nus, frissonnants. Elle me dit :

— Oh vous, cher Gabriel, combien faut-il que je vous remercie pour cette volupté qui fut un déchaînement ! Car, désormais, je le sais, et ceci grâce à vous, ce que veut dire : « être possédée », sans négliger les gourmandises que d'aimables amants peuvent être prêts à offrir au corps de leurs maîtresses. Des plaisirs ! Le bien-être ! Et vous de même, chère marraine...

Mathilde se retourna tout de go vers la comtesse, laquelle lui souriait :

— ... Vous qui m'avez gardée jusqu'à ce que, l'âge venant, je me trouve disposée aux sensations d'amour. Vous avez décidé ce moment merveilleux, et je vous en remercie, d'autant que votre propre anatomie s'est montrée en grande part si pleinement complaisante pour me guider dans le bon chemin, là pour m'ouvrir une porte que je ne songerai – et ceci plus jamais – à venir refermer.

Bercée par ces mots doux, la comtesse fut pantoise. Mais elle se reprit vite, par elle-même décidant de se retrouver nue. Elle quitta d'un mouvement sa toilette défraîchie, qu'elle fit glisser dessus ses hanches et puis fouler aux pieds. Aurore sourit à sa pupille :

— Je suis aise de vous entendre sanctifier les assauts prodigués en vos chairs. Gabriel, en l'espèce, connaît bien des façons. Il a su en user. Mais, à présent, il nous importe que vous veniez goûter d'autres fruits différents, ceux que nous offre Sapho en l'absence de Phaon. Accueillez-moi, s'il vous convient.

— Ma chère marraine, oh, oui !

Dans les mots de Mathilde, il ne se glissait plus la moindre réticence.

La comtesse entreprit de nous régaler avec son art. Elle releva Mathilde et elle la mit debout, lui fit ouvrir les cuisses. Elle l'enjamba à demi et resserra le tout, si bien que les moussus de leurs deux entrejambes furent placés au contact, et pleinement glissants, et l'un par-dessus l'autre.

Les bras des deux jeunes femmes se maintenaient embrassés, si bien que leurs seins se mêlèrent en des caresses pointues. Leur bouche fut un autre consentement. Toutes les deux se collèrent en un baiser soutenu où leur langue se darda en une double recherche, s'octroyant la vigueur d'un combat acharné. Leurs reins se creusaient en cadence, tandis qu'à chaque respiration ce n'étaient que soupirs, ou encore gémissements.

Cela dura… mais cela dut cesser. Les deux cavalières se soumirent. Leurs oscillations convulsives, leurs marques précipitées annonçaient leur tourment. À un moment, elles se figèrent. Toutes les deux relâchaient leurs perles de cyprine.

Il n'y eut plus, dès lors, que des embrassades douces, et puis de nouvelles caresses qui se voulurent distraites, ce afin de témoigner un dénouement de passion, un désir apaisé. Les deux femmes se quittèrent, fort satisfaites d'elles-mêmes. Cette fois, elles se jetaient nombre de regards par en-dessous, une succession de coups d'œil plutôt énamourés. Enfin, elles se baissèrent afin de récupérer leur toilette chahutée. Elles s'en couvrirent la peau.

Mais ici donc, Mathilde fut pleinement arrêtée, car la main de monsieur le comte s'en vint pour la surprendre. Elle perturba l'ouvrage. Le maître était revenu. À son tour, il souhaitait l'instant de se délecter.

Ce pour quoi il offrait cet appendice inouï qu'une nature friponne s'était satisfaite à créer afin d'exacerber les plaisirs propres aux femmes. Le comte était un rude gaillard. Mathilde n'eut que le temps de se mettre à soupirer :

— Ah, mon oncle, vous aussi ! Peut-être souhaitez-vous que je vous satisfasse ?

— Certes, oui, mon enfant, lui répondit Mortcerf. Et combien j'aimerais te besogner sur l'heure jusqu'au fond de tes chairs, te faire goûter le Ciel. De plus : en t'embrassant !

Lui aussi finissait de se montrer le ventre nu. Sa hâte était si forte qu'il en avait gardé ses bas. Sa femme rit, nerveusement. Il tourna sa pupille, la fit s'agenouiller. D'un doigt inquisiteur, mouillé comme il se doit, le comte la titilla jusque dans son fondement. Il la fit se cambrer, et combien davantage, lui relevant ses jumelles afin qu'elle se noie la tête entre ses cheveux dénoués, et que sa position se montre complaisante.

— Oh, mon oncle, fit celle-là, au bord de la pâmoison.

Ce chaud plaisir était nouveau. En comptant bien, en moins d'une heure, la jeune Mathilde venait de parcourir, en ses marches forcées, bien des royaumes cachés que beaucoup de vieux amants ont superbement ignorés tout au long de leur vie. Elle s'y était abandonnée, oui, mais – oui, mais cette fois – il fallait bien qu'elle aboutisse, et qu'elle se plie aimablement au-devant de son maître.

Le comte s'agenouilla, et sans pour cela déculer, avec son doigt inquisiteur qui fouaillait toujours. Ensuite, Mortcerf saisit son sceptre, et puis il l'enfonça. Ici, Mathilde de réagir, enfin donc du même coup. Elle releva la tête en lâchant un soupir, cela les yeux fermés. Ensuite, elle se cambra, goûtant les sensations d'un contact doublé. Monsieur le comte s'agita.

Il fit en sorte que se rejoignent, dans le même recueillement, la vigueur de son ventre et sa troisième phalange. Le ballet fut exquis. Les acteurs s'y complurent. La douceur était bonne, foisonnante pour les sens, et tant que Mathilde en vibra, oui, mais aussi craignant que le charme se tarisse.

Le comte eut un sursaut, et ce fut le dernier. Il se répandit en un râle qui fut si conquérant que j'en frissonnai avec émoi. Était-ce un cri d'extase, ou un débordement d'envie ? La comtesse étouffa une courte grimace. Son époux s'extirpa.

— Ah, Dieu, fit le bel amant au terme de son souffle. Que le Ciel soit remercié lorsque sa mansuétude offre à chacun de nos sens autant de volupté, lorsque nos reins se vident, lorsque nous nous pâmons au terme de nos émois ! N'est-il point vrai, enfant ?

Mathilde s'était assise, son fondement sur le tapis. Elle lissait, tête baissée, sa toison clairsemée. Son regard restait vague, mais un sourire diffus lui courait sur les lèvres. Un moment s'attarda, silencieux, indécis, avant que la jeune pupille nous regarde dans les yeux :

— Ah, chère marraine, cher oncle, et mon cher Gabriel, que je me dois de vous remercier de vous être préoccupés de ma fraîche naïveté. Ce que je viens de vivre me restera ancré jusqu'à mon dernier souffle. Je saurai le partager. Œuvrant au long du monde, dans l'élégance de ces salons où il vous complaira de venir m'exposer, je vous ferai honneur. Je me transformerai en putain consentante. Je ferai bonne manière.

— Mon enfant..., commença la comtesse, tout entière sous le charme.

Mais là, Aurore ne put conclure. Elle était trop émue, d'autant qu'un flot de larmes vint lui tarir ses mots.

Ensemble et de plaisir, nous entamâmes alors un chemin de retour tout en nous rhabillant. Nous étions très pensifs, surtout la jeune Mathilde qui dut se faire aider pour trouver ses agrafes. Ses doigts s'emmêlaient trop. Oui, nous la secourûmes chacun à notre tour, et puis, jugeant venu le moment de la séparation, le comte se fit sévère :

— Gardons toute discrétion sur nos jeux de l'amour. Il n'est pas bienséant de jaser à tout va. Si ces pratiques aimables sont d'un usage commun, il n'est pas de bon ton d'évoquer en paroles les gestes et les émois. Tout doit s'escamoter, ainsi qu'il sied à ceux que la naissance honore. Restez muette, enfant. C'est mon conseil précieux.

Mathilde hocha la tête. Elle avait bien compris. Elle n'allait pas se répandre auprès de ses compagnes, auprès des domestiques. Mathilde tiendrait sa langue.

***

La journée tout entière fut diversement occupée en commerces variés où nous nous employâmes : comme deux dîners et un salon, et comme les cours que je donnai à mon petit élève. Pour dire la vérité, ce furent des tâches futiles, expédiées sans passion.

Il y eut néanmoins plusieurs situations où notre ancienne pucelle, et aussi la comtesse, me serrèrent d'un peu près, où je dus en souriant ôter les mains glissantes qui se complaisaient à m'effleurer aux abords de mes chausses, par le devant, par le derrière, mais qui ne se révélèrent que sous la forme d'une courtoisie rien de moins que délicieuse, qu'en des caprices aimables qui se voulaient appuyés.

Enfin, dans la soirée, nous nous retrouvâmes tous les quatre dans l'atmosphère feutrée d'un boudoir confortable. Les domestiques s'étaient hâtés, rejoignant leur soupente. Ils nous laissaient place libre, oui, mais... ils furent très souriants, avec des mots par en dessous. Personne n'en restait dupe.

Nous nous plûmes, tout d'abord, à sacrifier au charme de la conversation. Le comte évoqua son enfance dans un collège jésuite, où là son confesseur se livrait sans pudeur à de prodigues magnificences. Notre hôte en conservait plusieurs souvenirs cuisants, aux abords de ses voies basses.

Dans le même esprit, Aurore entreprit de nous régaler. Elle nous conta son dépucelage, s'étalant dans le récit qu'elle nous fit de l'opération, comment un fier gaillard, l'amant attitré de sa mère, l'avait besognée de plaisir, tandis que sa génitrice lui relevait ses robes :

— C'était un gros bonhomme suant et rebondi, mais d'une puissance marquée assez exceptionnelle. Après m'avoir ouverte, pénétrée jusqu'au fond, il entreprit ma mère et il la fit hurler en la poinçonnant de vigueur, sur un même lit commun.

Elle ajouta :

— Enfin donc, ce fut moi qui – ici donc, à mon tour – secondai la sainte femme, lui releva ses cotillons afin qu'elle s'offre sans barrages, et aussi bien qu'il le fallait, que ses reins soient offerts. D'ailleurs, au tout début, ma mère décida de s'écarter avec les mains ouvertes pour que l'introduction en soit facilitée.

Égrenant ses mots chauds, la comtesse entretenait le douceâtre d'un souvenir, comme s'il s'était agi d'un ruban cajolé.

Quant à moi, misérable, qu'aurais-je pu leur conter ? Mon expérience d'alors restait plutôt sommaire, et assez fruste, en fait. Pourtant, ce fut le comte qui me porta aux confidences :

— Je m'étonne, mon ami, vous qui nous avez si pleinement distillé l'insoupçonné trésor de votre appétit fécond, que vos maîtres anciens n'aient point approfondi, dans les secrets de votre corps, les multiples ressources d'une volupté savante en vous enrichissant de piquantes expériences. Quand même je vous ai vu, et je vous ai goûté, j'ai relevé en vous un savoir-faire exquis.

— Oui certes, répondis-je en souriant, j'ai eu de fort bons maîtres qui m'ont durement formé – je l'avoue, humblement – à coups de verges mortifiantes.

Me débridant en quelques mots, je contai ces affaires longuement partagées avec l'immoral Guillemi, nos punitions mutuelles. Comment, à la suite de ces pantomimes où il me flagellait, ce digne bonhomme se mettait nu, aussi tendu qu'un étalon, pour qu'à mon tour je le corrige, que je le frappe sur ses pourtours jusqu'à ce qu'il se répande, brisé, copieusement gras, entre mes deux mains oppressées.

Plusieurs cris d'étonnement accompagnèrent mes souvenirs :

— Comment, firent les deux femmes, comment des coups de verge peuvent-ils stigmatiser les ardeurs propres aux mâles ?

— C'est cependant, dans le monde, une consistante réalité devant laquelle – et cela plus d'une fois – je me suis retrouvé, m'entendis-je leur répondre.

— Il nous serait plaisant d'ici même essayer, poursuivit la comtesse. Mais, en aucune manière, il ne peut se trouver que ce puisse être moi qui sois soumise à la fessée. D'abord, je ne me sens nulle envie d'être fouettée devant vous. Auriez-vous l'obligeance de me prêter vos cuisses, et le bas de votre dos, oh, monsieur mon mari ?

Le comte secoua la tête, mais ce fut pour se montrer d'une prudence extrême :

— Il faudrait au départ mieux fixer les limites, en premier lieu la gradation des coups qui se verraient portés. Aussi, je vous propose que notre Gabriel, qui a déjà subi les affres du fessage, donne ses indications en supportant lui-même les tout premiers assauts sur le rebondi de ses jumelles.

J'eus le luxe d'hésiter, mais je dus me soumettre. Ici, dans cette maison, le comte était le maître. Enfin, ce fut Mathilde qui s'en alla quérir un balai de bouleau, qu'elle entreprit de désaccoupler afin de former plusieurs fouets, tous commodes, pour chacun.

Durant le temps de son absence, j'en avais profité pour me déculotter, ce pour me mettre tout à fait nu, en bas, en haut, et me placer sur les genoux, les bras tendus avec la tête baissée tel un élève en pénitence, mélangeant à la fois la crainte et le désir.

Mon entrejambe saillait, au demeurant visible dans la lueur de nos chandelles, et propre à ce qu'une main aille s'y égarer. Mais le comte et Aurore se maintenaient en retrait. Ils attendaient leur jeune pupille. Lorsque Mathilde revint, je donnai mes conseils à voix demi-hachée :

— Commencez à mi-force, pour que mes sens s'éveillent et que ma peau apprenne. Puis... poursuivez alors avec l'entière force de votre bras, sur moi et n'importe où, selon votre désir. Je m'offrirai, là par ce biais, une solide allégresse.

Ce fut la jeune Mathilde qui commença, plus par curiosité que par réel penchant. Elle entama une bonne besogne. Toutefois, elle se retenait, loin de se comporter en une furie sauvage. Je ne sentais qu'à peine ses coups. Aussi me dus-je de la fustiger :

— Plus fort, ma demoiselle. Ce ne sont que des caresses, vos frictions de bouleau. Désormais, pour l'instant, il convient d'être forte, assurément virile. Voyez mon assurance, mes pendeloques de mâle qui se balancent en mes cuisses. Elles restent recroquevillées, non encore en splendeur. Surveillez-les sans cesse. Elles se posent comme un guide, afin de préciser la qualité de votre ouvrage. Elles sont l'indication qui vous renseignera sur votre application.

— Ah, bon ? Je vous remercie.

Mathilde sut me flatter. Elle redoubla ses coups. Elle y alla de toute sa force. Elle varia les plaisirs, s'occupant de mon dos, et aussi de mes hanches. Parfois, subrepticement, elle s'approchait aussi pour cingler mes zones basses, me flageller les bourses.

Cela commença par me chauffer, puis un déferlement me gagna. Mon sang affluait à foison. Il gonflait mes jumelles qui, cette fois, se recouvraient d'une belle teinte marbrée. Il y eut presque du génie dans ce que libérait notre jeunesse déchaînée, dans la manière exquise avec laquelle elle distribuait ses successions de coups. Aussi lui attribuai-je un vrai don de fessage.

Enfin donc, mon état s'en devenait propice, apte à d'autres conquêtes. Mon ventre se tendait, au bord même du supplice. En plus d'une occasion, je réprimai l'envie de relever mon avantage avec brutalité, pour m'entourer moi-même, afin de me soulager en d'aimables coups de poignet.

Pourtant non : je fus stoïque, et proche de l'héroïsme. Je me gardai de bouger, de rompre ma position. À peine me soulevai-je lorsque de nouveaux coups s'appuyèrent sur ma chair, ou lorsqu'ils progressèrent vers un recoin sensible. Mon sceptre suivait le mouvement. Il se rehaussait par à-coups, mais sans rompre – dans l'affaire – sa mine décalottée.

Or ici, la comtesse ne fit pas mine de s'y tromper ! Elle me savait à point, mitonné comme une daube. Aussi entreprit-elle de se glisser sous moi. Usant de sa langue experte, de ses lèvres caressantes, elle me soulagea de ce suc que les coups de badine venaient de concentrer dans les intérieurs de ma hampe.

Heureux, je me répandis dans le fond de sa bouche, exhalant un long râle qui me fit frissonner des genoux aux poignets, avant que je m'écroule sur le visage de la glorieuse, laquelle termina sa besogne avec une lippe creusée qui aspirait avec vivacité les ultimes jaillissements lui perlant au visage. Elle fut illuminée.

— Madame ! fis-je. Oh, madame !

J'étais comme au sortir d'un songe, où la raison n'en pouvait plus de venir s'égarer.

— Ne parlez pas, ami. Il faut vous reposer. Une fois remis en place, vos sens vous reviendront pour donner du plaisir. Moi, je saurai attendre. Mais pas trop, dites-le-vous. Mon esprit butinant, je me sens – cette fois-ci – infiniment curieuse face à d'autres incartades.

Je n'eus guère le loisir de mieux comprendre ses mots. La seule chose de palpable, c'étaient que les coups de verge arrangés par Mathilde ne pleuvaient plus sur mon fondement. Était-ce, pour le moment, un très lâche abandon ?

Oh non, peut-être pas, car la jeune déflorée avait changé d'ouvrage, à présent s'occupant du postérieur du comte. Celui-là, m'imitant, s'était déshabillé, mis nu comme en naissance. L'instant d'avant, il s'était amusé, intéressé sûrement, à supputer les effets de la verge sur la puissance de mon viril, à constater les à-coups de mon sang.

Curieux, à son tour, il voulut s'y plier. Livré comme un captif aux mains de sa maîtresse, il s'était agenouillé, écartelé du plus possible afin qu'on se prenne le plaisir de le détailler sans ambages. Les femmes s'en réjouirent.

Il avait commandé à Mathilde de le battre, et sa pupille obéissait, cette fois-ci de tout son cœur, et libérée des renoncements dont elle avait fait preuve au début de ses coups lorsque je l'avais poussée à m'entreprendre sans concessions.

Elle frappait avec fougue, cinglant comme une damnée le fondement du comte, s'infiltrant dans sa raie et jusqu'aux parties basses. Ce devait être exquis, car il lui vint enfler une vraie énormité qui accrocha de flamboyantes étoiles dans les yeux de la comtesse. Jamais elle-même – moi, de surcroît – n'avions, de notre vie, admiré pleinement une telle virilité, une fierté si forte, heureuse et prononcée.

Les deux femmes se partagèrent, chacune de son côté. D'abord Mathilde, qui n'avait pas lâché ses verges. Puis la comtesse qui – déjà ! – se glissait pour saisir, au plaisant de sa bouche, l'objet de son désir.

Mais ici sa pupille se montra la plus rapide. Usant de cette douceur dont seules les très jeunes filles savent rehausser le quotidien, elle se pencha, naïve. Elle s'arrondit la main pour en faire un gantelet, avec lequel elle entoura la base de l'appendice. Elle s'agita ainsi, naviguant de concert, d'abord entre les bourses du comte, ensuite pour titiller les lèvres de la comtesse, laquelle en avait profité, en gobant son mari du meilleur de sa langue et allongée plein dos.

Elles eurent à peine le temps d'user de leurs secours que le comte se tendit en râlant furieusement. Il se laissa tomber dans un feulement content. Il se creusa le bas des reins. La comtesse déglutit, pourtant sans laisser choir une seule goutte de nectar chaud :

— Mais Dieu, que tout cela est bon ! conclut-elle en se passant une pochette sur les lèvres.

Enfin et là de plus, ses yeux confirmaient tous ses mots. Je sentais que la comtesse était comblée au mieux – pour tout dire : apaisée – qu'il lui faudrait un certain temps avant que ses sens se rétablissent. Mathilde, elle-même, n'en pouvait plus. Elle frottait ses mains grasses, et puis elle les lécha.

Tous ensemble, nous étions rassasiés de nos corps, de nous-mêmes. Ramassant nos vêtements, tout en demeurant nus, nous allâmes en cortège en nos chambres respectives. Et là, une fois rendus, usant d'ustensiles propres à nos actions de toilette, nous nous lavâmes et nous séchâmes, jusqu'à ce que l'odeur de nos communs émois se résorbe sous les crèmes, les parfums, les onguents.

Par la suite, ce fut dans ce même équipage que nous nous retrouvâmes au fond d'un petit salon qui donnait sur les serres, et puis que nous goûtâmes, cela en partageant une joie savoureuse, le récit de candeur que nous conta Mathilde.

***

— Vos connaissances nouvelles touchant les choses de volupté se sont solidement renforcées au cours des dernières heures, remarqua la comtesse. J'ose espérer ici que ce furent des délices, de nouvelles libertés acquises en bonne conscience, et que les jours prochains conserveront à loisir ce sillon affouillé avec autant de hardiesse.

— Ma tante, répondit la jeune fille, je vais rendre grâce à Dieu pour cette faveur si éminente, pour ce bonheur insigne qui ne cesse de germer en mon cœur, en mes chairs. De ce fait, j'aimerais multiplier le flot des sorts nouveaux que prône votre enseignement, faire en sorte que pour moi toutes les heures se dédoublent, aussi que se développe une cohorte d'amants, de maîtresses, car, cette fois, je ne saurai me complaire en émoi, tout me mettant à dédaigner – gentille marraine, le pensez-vous ? – les plaisirs que se donnent, et seules, et toutes ensemble, les femmes.

— Quelle bonne élève respectueuse ! se plut à en sourire le comte.

Oui, mais... cette fois le maître voulait en savoir plus, et puis se délecter aux mots qu'il devinait cachés sous la langue de Mathilde, se complaire aux images que cette aimable jeune fille réussissait à susciter pour fustiger les frénésies, pour réveiller les corps rompus, si bien que Mortcerf questionna :

— Auriez-vous, par vous-même, quelque peu suspecté toutes ces choses apparues, celles-là montrées sans voile ? Qu'enfin, et loin de notre présence, vous seriez-vous plongée dans ces émois secrets que tous les corps réclament ?

— Si fait, mon oncle, vraiment. Mais je ne savais pas ce que ces élancements pouvaient me murmurer. Je n'avais personne pour m'expliquer. Si bien que je suis restée naïvement confuse, aussi déconcertée, en me privant de ces occasions où j'aurais eu le bonheur d'ouvrir pleinement les cuisses, celui de me délecter avec une langue dardée, pour enfin acquérir le bonheur.

Et Mathilde d'ajouter, le regard dans le vide, mais la voix douce, ardente :

— Depuis qu'une toison, que je sais désormais couvrir le ventre des femmes, me gagnait l'entrejambe, il m'arrivait parfois des pulsions délicates que je ne comprenais pas. Aussi, j'eus la pressante envie de me mettre au labeur, de commencer à me caresser là, d'oser sublimer mes propres douceurs intimes. Pourtant, sans succomber. J'avais la crainte de Dieu. Quelque chose en mon sein disait que c'était péché.

Dans cette incertitude, je pris la décision de m'ouvrir sur ce point auprès de mon confesseur, le bon vieux père Grimet. Mon oncle, et vous aussi ma tante, imaginez un carme à la bouche engageante qui sait mieux que personne confesser les chrétiens. Lui ne me faisait pas peur, autrement que ces autres en soutane de malheur qui vitupèrent en menaçant, qui tonnent dans leurs sermons, épouvantables, glaçants.

— Certes, oui. C'est aussi de cette manière que nous l'avons croisé. J'ai dans mon souvenir… que ce serait un moine convenable qui pratique l'Esprit saint dans lequel baigne le Livre.

— Je n'eus qu'à peine besoin d'aller trop loin en mots, poursuivit la jeune fille. Il comprit sur-le-champ. Aussi m'entraîna-t-il jusque dedans sa cure afin que nos confidences se dévident sans contrainte :

***

« Dites-moi en quel endroit se développent vos grattements, comme vos démangeaisons ? commença-t-il par demander avec une voix tournée lorsque je fus assise.

— Sur le…

Je ne trouvais plus mes mots. Ce fut le père qui m'aida :

— Je le devine, croyez-le bien, ce lieu de perdition que l'enfer se réserve afin de subjuguer le monde propre au péché, ce refuge amical dont certaines femmes abusent pour aider la nature. Vous est-il même poussé une toison bouclée où se complaît Satan ?

— Oh, oui, mon père. Oui, vraiment. Vous avez deviné.

— Il faut bouter l'esprit qui vous domine le ventre. Pour ce, je me dois de tout voir. Troussez-vous, je vous prie.

— Que je… ?

— Oh oui. Oh, je l'ordonne.

Alors, ne sachant trop, je relevai ma robe pour présenter au jour mon ventre dénudé que personne, jusque-là, et en dehors de mes nourrices, n'avait eu l'heur de contempler. Mon carme, mon confesseur, fut submergé de grâce. Il commença par suer, et fort abondamment, avant de s'approcher et de porter la main sur ma chair palpitante.

— Dieu pourvoit à ces causes, me balbutia le moine. J'ai justement ici un peu d'eau de Saint-Jean que l'on dit réputée pour faire fuir les démons. Je vais t'oindre avec soin. Tu t'en trouveras bien.

Ainsi, il me massa avec son doigt mouillé qu'il trempait fréquemment dans une petite burette. Il s'attarda ainsi sur le dessus de ma fente, agaçant mon bouton avec un savoir-faire qui me porta d'un coup au bord de la pâmoison. Dans ma grande innocence, je pensai que cette eau du sanctuaire du Grand Saint-Jean, était des plus miraculeuse, qu'elle faisait bon office en m'accordant cette volupté qui se révélait enivrante. Je me tordis en un hoquet.

— C'est assez, me dit-il. Or, à présent, il faut vous retourner en conservant levée votre robe et vos jupons, et dire votre chapelet.

Obéissante, je me mis à genoux directement dessus les dalles. Lui se plaça sur mon derrière, mais sans pour autant me toucher.

Aujourd'hui, je ne sais par quelle indiscrétion, j'ignore par quel effet prodigué par les ombres, mais je devinai le père se trousser à son tour, enfin se mettre nu, relever sa soutane jusqu'en haut de son ventre, se saisir à peine main d'un sceptre de garçon dont j'ignorais toute existence dessous la robe des moines. Il y eut plusieurs mouvements, puis une odeur douceâtre me tomba sur le dos. Ma robe fut rabaissée.

— Ma fille, sachez que le Démon, là au moins pour un temps, a quitté votre corps. Mais ce saint apaisement ne saurait trop durer. Asmodée reviendra. De cela, soyez certaine, et surtout mon doigt ne saura l'extirper, si bien que je vous demande...

Il y eut la prescription de Pater et puis d'Ave, et surtout la remise d'une neuvaine en cordes, roulées en écheveau, qu'à chaque fois je devais m'appliquer au fondement, tout autant que sur mes cuisses, quand les atteintes du mal se révéleraient trop fortes.

Ainsi, et dans ces conditions, il me donna l'absolution. En ces temps de naïveté, j'avouais une foi solide à crouler les montagnes, si bien que je me soumis avec grande discipline aux aléas de ma pénitence. Une première journée se déroula entière avant qu'un malin diable s'en revienne butiner sur mon bubon renflé.

Je me fouettai alors, et bien plus fort et plus longtemps que ce qui m'avait été prescrit, si bien qu'au tout début la douleur s'apaisa, et davantage encore : elle devint mon plaisir. Gémissante sous les coups, je sentais d'étranges feux glisser dessus ma peau en une incandescence qui n'en finissait plus.

Cela dura longtemps, en fait plusieurs semaines. J'avais le fondement constellé de rougeurs, mais mon plaisir se prolongeait tout au long des journées, lorsqu'habillée de robes, je me caressais avec grâce, tout en m'efforçant de calmer une chair boursouflée.

Il se passa un très grand mois avant que je m'en retourne, contrite et dépitée, à de nouvelles confesses. J'avouai... j'avouai tout. Alors, le père Grimet resta les yeux dans le vague :

— Satan trouve en ton âme une force de résistance. Si bien qu'il se déploie en d'autres nuées puissantes. J'ai péché par orgueil. Je croyais être assez fort pour bouter le Démon, mais ce ne fut pas le cas. Je vais aller plus loin. Satan possède l'idée de ne plus rester aux abords, et franchement de pénétrer. Allons, relève ta robe !

Le commandement du père se voulait si direct que je n'osai pas discuter. Oui, à nouveau, il m'obligea à m'agenouiller et, à nouveau, il se plaça contre mon derrière. Il ouvrit mes deux lèvres et, presque hâtivement, là sans préparation, il entreprit d'aller plus loin. Ce n'était plus son doigt : c'était un goupillon d'une tout autre nature. Une douleur m'empoigna, si bien que je me roulai, que nous nous désunîmes.

Sa soutane retomba, seulement elle conservait une forme assez étrange. On aurait dit un pic, ou le sommet d'une tente. En ce temps-là, j'étais bien niaise. Alors, je ne sus pas.

— Mon enfant, me fit-il, vaguement désarçonné et puis les mains tremblantes, aujourd'hui n'est pas bon. Nous recommencerons dans une préparation qui laissera de côté tout effet de douleur. En attendant, il nous faut renouveler ton ancienne pénitence. »

***

— Ce fut à ce moment, nous confia la comtesse, que cette enfant vint m'avouer l'étendue de ses troubles, si bien que je jugeai qu'il fallait en finir, d'autant que, dans mon idée, j'avais comme intention de préserver Mathilde, lui enseigner le monde, ses dangers, ses usages, et non de lui faire partager les vues fort égoïstes d'un vieux moine corrompu. Aussi lui interdis-je de se renouveler en confesse, au moins qu'elle laisse passer du temps, l'espace de jours bénis où nous l'enseignerions en des étapes studieuses.

Je ne pus, pour ma part, que de venir noter certaines similitudes entre les pratiques généreuses auxquelles s'était livré ce moine impénitent penché sur les derrières dénudés de Mathilde, et celles que j'avais subies face à mes professeurs, lesquels oscillaient sans répit entre verges et caresses, aussi introductions.

— Mais, s'ingéra le comte en s'adressant à sa pupille, il me semble évident qu'une telle discipline à grands coups de neuvaine ne pouvait qu'être détestable et vous blesser au plus haut point. Si j'en juge par les coups que vous venez de m'appliquer, vos enseignements courtois ne se sont pas – enfin, mais le devinerait-on ? – limités en pays de douceur... et j'en sais quelque chose ! Et même pourtant, sachez-le bien, je suis un homme solide, rompu aux expériences !

— Assurément, mais, dans le début du fessage avec les cordes nouées, il faut se comporter selon un grand moelleux, et retenir sa main afin que la peau s'habitue, se libérant de toute souffrance. Le plaisir ne vient qu'après, et puis si fort et si puissant qu'il m'est certaines fois arrivé de me répandre en solitaire tout en me flagellant, en m'écroulant, me resserrant les cuisses et me portant la main sur le dessus de ma toison.

— Vous nous faites bien envie, compléta la comtesse. Avez-vous conservé cette bonne discipline, ces cordes si bien nouées ?

— Elles restent dans mon ouvrage, sous mes fils, mes aiguilles. Je les garde à portée. Ce sont des amies très fidèles. Si vous le souhaitez, je m'en vais vous les chercher.

— Ce serait une très bonne chose.

Durant sa brève absence, nous ne pûmes que de nous congratuler d'avoir su éveiller chez cette jeune beauté autant d'abnégation, autant de dispositions pour les transports de volupté, dans son application en ces choses du plaisir.

Et Mathilde nous revint, rougissante et émue. Elle nous tendit l'engin comme une esclave bridée, soumise et déférente.

— Alors, que faisons-nous ? demanda la comtesse.

— Mais qu'elle se déshabille, lui répondit le comte. Qu'elle nous montre ses manières de se frapper en discipline.

La petite nous sembla bien au-delà de l'hésitation. Elle se porta la main au bord de son corsage, dénoua son cordon, puis ôta ses agrafes.

Sa robe tomba d'un coup. Elle se retrouva en jupon, et puis la poitrine nue. Elle fit ensuite glisser, sur la rotondité de ses hanches, les ultimes des remparts qu'elle pouvait opposer. Sans culotte comme il sied, cette fois, elle était nue. À peine avait-elle conservé ses bas et ses jarretières. Elle se plaça à genoux et, avec la neuvaine, elle-même commença à se fesser, toute entière, en tous lieux.

La comtesse s'approcha, et de si près qu'elle-même en reçut plusieurs coups.

— Oh, madame ! fit Mathilde, le postérieur tendu.

— Mais non, ne vous excusez pas, lui souffla sa marraine. C'est moi qui l'ai voulu, et si ma peau en reste blessée, je n'aurai qu'à m'en prendre à l'impérieux de mes fougues.

Cela semble être vrai, pensai-je sans doute aucun, *d'autant que notre Aurore restait la seule de tous à n'avoir point goûté les caresses dures des verges, ce qui demeure – pour le moment – un manquement certain dans l'océan de ses pratiques.*

La comtesse, ici donc, sut se montrer avide. En sus : nous la perçûmes curieuse. Très vite, elle se dévêtit, donnant à admirer au bénéfice de son mari – et au mien, par raccroc – la courbure de ses seins et le moussu de son ventre. À son tour, elle se mit à genoux et, sans que ce fût machiné par personne, elle s'écarta assez pour que ses intimités s'apprécient en largesse. Ensuite, elle se pencha. Elle se saisit de la discipline. Elle s'appliqua les premiers coups.

Là, son manque de savoir se révéla à tous. La comtesse grimaça d'une douleur si rentrée que la très jeune Mathilde fut obligée de la retenir. Sa pupille se montra d'une douceur prévenante :

— Laissez-moi faire, madame. Je m'en vais vous préparer, échauffer par degrés ce derrière rebondi qui ne cherche qu'à chanter. Lorsqu'il sera paré d'une rougeur assouvie, vous ne souffrirez plus. Ce sera alors, pour vous, le prélude de l'euphorie.

— Faites donc, ne tardez pas.

La comtesse se trémoussait, relevant par moments sa tête sur le côté. Elle guettait sa parente, et puis les premiers coups. Ceux-ci ne tardèrent pas. Ils furent d'un bon dosage, d'abord souples, caressants, couvrant très largement le postérieur offert, se mouvant tout autour de jumelles frémissantes, et puis s'insinuant en leur creux couvert d'ombre, se mélangeant aux premières boucles.

Si bien que sacrifiant à une conscience parfaite, Mathilde finit par décider que c'en était assez, que le fessier de la comtesse avait eu son comptant, si bien qu'elle entreprit de presser la cadence. Elle se mit à frapper avec vivacité, en se livrant de toutes ses forces. Des cris, des halètements furent les témoins de ces excès, de la qualité de sa main, et tant que la belle Aurore fustigea sa pupille :

— Oh, plus fort ! Là, plus fort ! Mon Dieu, que je délire ! Mon sang devient bouillant et il se met en train pour forcer les barrières ! Je sens que mon plaisir... il monte et il m'inonde ! J'en ai les cuisses trempées ! Frappez encore, toujours ! Oh, s'il vous plaît, ne vous arrêtez pas !

Le spectacle de cette tendronne fouettée, masquée par ses cheveux qui lui couvraient le visage, criant son grand émoi et parfois s'étranglant, et celui de cette autre toute potelée, presque une enfant, aux seins encore discrets, au ventre à peine ombré, transformée en furie, en sybarite hérissée, donnant ses coups de corde sans pour autant se ménager, restituèrent chez le comte une impétuosité et une vigueur nouvelle. À moi-même, tout autant.

Redevenu puissant, notre hôte se mit à caresser, à l'épaule, à la hanche, et dans des gestes courtois, la délicieuse Mathilde. Il l'éloigna. Il se glissa enfin par-derrière son épouse. Lorsque celle-ci sentit son mâle sur le point de la couvrir, elle s'en trouva heureuse. Elle invita Mortcerf à user sans bornage d'un corps qui se soumettait :

— Oui, mon ami ! fit-elle. Oh oui, enfoncez-vous ! Vous n'aurez nul tourment, car je me sens crémée jusqu'au fond des entrailles ! Voyez – le sentez-vous ? – je bascule au bord du gouffre !

Accueilli de cette sorte, le mari s'engagea. Il n'en eut aucun mal. Son aiguillon glissa jusqu'au plus encaissé. Sans même avoir besoin de trop relever les reins, la comtesse se cabra. Cette fois, elle s'approchait de son propre épandage, mais tout en déclarant :

— N'y faites pas attention : ce ne sont que mes prémices. J'attends bien davantage, comme les débordements d'une tempête excessive qui me brisera entière. Allez-y, de vigueur ! Remplissez de votre émoi l'ombré de mon sanctuaire ! Que nous prenions, l'un l'autre, grand avantage à notre affaire.

Le spectacle, ici-bas, se montrait d'un grand charme, d'autant plus que la jeune Mathilde, vaguement éberluée, restait encore debout. Elle était sur le point de chevaucher le comte dont elle scrutait des yeux le postérieur actif. Je me dus de l'assister.

Je la pris par-derrière en la faisant se courber au contact de son oncle dont elle accueillit chaque élan. Ce ne fut pas très long. D'autant que nous étions tous les quatre entraînés par une envie violente qui nous tenaillait les entrailles, aussi qui nous fouaillait.

J'arrivai à mon terme, accompagnant Mathilde qui en profita pour se répandre. Plus avant, la comtesse s'alanguit. Dans le souvenir de cette même nuit, j'ai longuement pensé que quatre ou que cinq fois furent le total de nos délices.

De ce fait, les jambes de notre Mathilde étaient devenues molles, si bien qu'elle s'écroula. J'eus néanmoins l'idée de prolonger le béni de ce moment de pause par l'avancée d'un doigt quelque peu indiscret qui sonda d'une phalange le moelleux alangui de sa voie postérieure.

Elle cria tout d'abord, mais surtout de surprise, car – du moins, ce fut ce qu'elle m'avoua en un autre moment – c'était qu'elle se trouvait, encore et totalement, pucelle par le fondement. Quand même, Mathilde se voulait très curieuse et puis aussi docile. Elle se laissa pénétrer, d'autant plus que je m'étais glissé en parfaite courtoisie jusqu'à la troisième des phalanges tout en faisant tourner mon doigt, si bien que Mathilde bénéficia – du fait de mon introduction et de mon mouvement circulaire – d'une nouvelle poussée de liquide séminal. Cette dernière me récompensa.

Il y eut un dernier cri chez notre ancienne pucelle. Mais il resta vibrant, longtemps à nos oreilles. Le comte se dégageait. Il souriait d'extase et il se plut à nous jurer que, jamais de sa vie il n'avait pénétré les fondements de son épouse avec une telle fougue, et que sa belle Aurore s'était montrée, au cours de ce périple, d'une superbe volupté, d'une luxure extrême, ce qui avait plongé son remarquable époux dans un déluge de ravissements.

Nous en convînmes : les verges avaient du bon. Ainsi, nous nous promîmes qu'à partir d'aujourd'hui, et dans tous les moments où notre intimité saurait se retrouver, nous en userions hardiment, avec culture et avec fougue. Ce qui advint de ces résolutions fut que chacun de nous se mit à conserver une épaisse botte de ces houssines près de lui, à sa main.

Le postérieur de nos deux femmes prit l'habitude de cet engouement. Il acquit la couleur des cerises mûrissantes, tandis que, pour notre part, pour le comte et pour moi, nos jumelles se trouvaient sillonnées de plaisir, de lignes fort élégantes, tout à fait incrustées, d'où sourdaient quelquefois certaines gouttes vermillon.

Mais, en contrepartie, l'affaire nous propulsait jusqu'à de tels sommets, et vers de tels débordements, que ces futiles ennuis que devait supporter notre géographie ne freinaient, dans nul cas, nos ardeurs combatives.

***

Il pouvait être, cette fois, dans les quatre heures devançant l'aube. Nous venions de déguster une tasse de bordeaux macéré dans du miel, ce avant de souffler nos toutes dernières chandelles. Seulement – Diable aux aguets ! – avant de nous coucher, nous eûmes de nouveaux élans.

En fait, nous étions restés nus, et la chaleur de la cheminée séchait dessus nos ventres les rosées voluptueuses que nos excès de la nuit y avaient déposées.

Nos aimables compagnes ne paraissaient pas encore percluses de gros sommeil. Leurs yeux restaient brillants d'un désir renouvelé qu'il fallait apaiser sur-le-champ, hors d'attente, si nous étions galants. Leurs mains, toutes mises ensemble, se lancèrent en recherche pour se loger entre nos cuisses, afin de nous attiser.

Assises sur l'unique lit qui garnissait la pièce, en fait d'une excellente hauteur pour que nos corps s'imbriquent, nous entreprîmes chacun l'une de nos dulcinées. Elles nous attendaient de plaisir. Elles nous accueillirent d'enthousiasme en répondant à nos soupirs par des plaintes assourdies et suffisamment rauques pour que nos sangs se revigorent, qu'ils s'échauffent, qu'ils franchissant de concert plusieurs niveaux de flammes.

Je butinai la comtesse que son mari m'avait abandonnée tandis que, pour sa part, M. de Mortcerf se complaisait dans les jachères de la jeune Mathilde. Il s'égarait en folâtrant parmi les mèches d'un duvet brun qui recouvrait, mais sans excès, les cuisses de sa pupille.

Nous étions tous les deux restés debout contre le lit, si bien que nos deux femmes, dans un ensemble exquis, nous accueillaient comme prisonniers en laçant sur nos reins leurs jambes entrecroisées. Cette position tranquille nous fut assez commode, car nous pouvions, ainsi, nous rapprocher encore, suçoter les tétins de nos maîtresses assoiffées, et de même les forcer à l'intérieur de leur bouche, usant d'une langue si drue qu'on aurait dit une lance, mais qui savait se rompre avant de se livrer dans les surabondances d'un ballet attrayant qui ne semblait jamais finir.

Nous étions ainsi pris par le haut, par le bas, tandis que le temps passait, et puis que nos complices accumulaient moult plaisirs. Nous-mêmes nous arrivions, également, sur le terme. Ici, le comte me toucha :

— Mon ami, me dit-il, il me semble d'évidence que vous prenez plaisir à besogner ma femme, là juste sous mes yeux. Le spectacle est aimable, et j'en tire jouissance de la voir pénétrée par un autre que moi, et cela jusqu'au bout, jusqu'à ce que votre foutre vienne lui graisser le ventre.

Mais aussi, s'il vous plaît, il conviendrait peut-être que, pour un temps succinct, au moins pour un instant, que nous nous soumettions aux règles du droit du monde. Cela, pour tout vous dire, qu'il me serait agréable de pouvoir me satisfaire avec le corps de la comtesse.

— Soit, répondis-je dans un sourire qui, en aucune façon, ne pouvait masquer le moindre regret. Échangeons nos repaires et que chacun de nous y trouve son bénéfice.

Ainsi, nous nous libérâmes, et ce fut par plaisir que le comte, lorsque je passai devant lui afin de coloniser le port de ma nouvelle place, se plut à m'insinuer l'entier de son majeur en plein dans le fondement. Je réagis avec surprise.

Le comte me fit mal au début, pour après s'extasier de la souplesse de mes muqueuses. Ce fut bref, mais intense. À cet instant, je voulus être fille, en quête de cette extase qu'entraîne le poinçonnage. J'eus tout autant la volonté de me mettre à agir avec une réciprocité dont je lus le désir dans les yeux de mon maître. D'un seul coup, à mon tour, je lui enfonçai un doigt.

L'effet fut immédiat. Nous conçûmes de concert une oscillation si puissante que son succès se traduisit par un débordement, et tant que les deux femmes s'en extasièrent avec émoi, tandis qu'elles s'efforçaient de rassembler – en amoureuses ! – l'essentiel de nos semences sur la surface entière de leur ventre dévoilé.

— Dieu et Vierge Marie ! s'écrièrent-elles en s'embrassant.

Nous avions, cette nuit-là, franchi de hauts sommets qui nous avaient occis après de durs combats. Nos glandes réclamaient grâce, ou plutôt le repos auquel nous nous soumîmes deux grands jours et trois nuits. Il y eut nos chères amantes, au cours de ce long temps, qui grattèrent sous nos portes tout en nous susurrant des abondances de mots lascifs. Mais nous ne cédâmes point. Ce fut un bon repos qui nous rétablit la santé, et puis qui apaisa les enflures douloureuses dont nos aiguillons combatifs se trouvaient être le siège.

***

La comtesse n'était point fille unique. Elle était harcelée, en toute heure, en tous lieux, par une sœur aînée qui se complaisait à user de mots pour le moins aigrelets vis-à-vis des manquements dans lesquels se vautrait la luxurieuse Aurore.

Cette parente se nommait Rose et, par certains côtés, elle pouvait ressembler à cette fleur pommée dont elle portait le nom. Elle exhibait des tétons rebondis, ainsi qu'un fondement d'une belle excroissance, de même des lèvres pulpeuses, sans compter des joues fermes.

Mais il n'y avait pas là de quoi frémir d'émoi, car la fille était chaste. Elle ne s'était jamais – même pas une seule fois ! – abandonnée pour se corrompre, vraiment jamais soulagée par-dessous un amant.

Dans un autre éclairage, elle se complaisait davantage avec les longs soupirs du prélat de la ville. Oui, elle se régalait, en confesses, en privé, et ce, en s'accusant d'un déferlement de privautés, mais toujours en pensées, en vocables, en chimères.

Ce qui faisait que, réfugié dans la pénombre chaude de son confessionnal, le papelard en robe se délectait aux récits luxurieux dont sa pénitente humiliée usait et abusait. Ainsi savourait-il une interminable collection de regards repentants. L'abbé s'excitait seul d'images au plus haut point brûlantes, dans la mesure où il savait, et cela d'un seul mot, créer tout un empire, et faire surgir des limbes les formes troublantes de corps lascifs, assumer ses passions, tout comme il sublimait – en des écoutes pressantes – des situations d'un tel stupre que le grand Satan lui-même eut pu s'en trouver désarmé :

— Et avec votre bouche, mon enfant, qu'avez-vous fait ?

— Je l'ai avalé jusqu'aux bourses, et je l'ai titillé de mes deux mains ouvertes, l'une par-dessous...

— Et l'autre ? Il faut me dire.

— L'autre ? Je le saisissais serré, et si fort étroitement que je n'avais nulle peine à me pencher sur lui afin de le pénétrer par une voie naturelle qui me parut étroite – par-dessous, postérieure – mais aussi sans défense.

Il se crispa, d'un coup.

— L'avez-vous donc forcé ?

— Oh, certes oui, mon père. Vraiment, et avec gaillardise ! Il s'est rétracté contre moi. Il se donnait aussi des allures de pucelle. Mais je le tenais bien, tout comme ma langue restait agile.

— Vos pensées demeurent claires.

— Sachez que je me libère lorsque je vous les détaille. Votre oreille reste sainte, complaisante et courtoise.

— Ma fille, je vais vous pardonner. Dieu va vous pardonner. Mais restez un moment, le temps que je me remette.

Il n'empêchait que chaque fois l'abbé – il avait nom Lieven – farfouillait sous sa robe. Les mots si complaisants que lui susurrait Rose le mettaient en émoi. C'était des plus commode : les ombres le protégeaient. Il y eut quelques soupirs, puis une respiration… une nouvelle fois hâtée.

— Mais qu'avez-vous, mon père ?

— Juste un passage sacré, le souffle de la grâce. J'étais en train de prier.

Ainsi, il s'imposait que Rose – la tourmentée – aimait par-dessus tout échanger ses chimères avec le desservant de sa propre paroisse, lequel s'y complaisait au plaisir de sa main.

Mais, en aucune manière, cette sœur si rigide ne se serait alanguie à vivre une réalité qui aurait pu se trouver accordée à ses rêves. Elle ne se montrait qu'en retrait. Elle se satisfaisait d'illusions. Mais aussi, depuis peu, elle observait Mathilde, dont elle avait recueilli certaines confidences folles :

— Ma tante, oui, je l'avoue, mais mon ventre me torture, et cela de plus en plus. Oh, combien j'aimerais le caresser avec la main !

— Mais vous n'y pensez pas, car ce serait péché !

— Ah bon ? Quel grand malheur !

Après, les jours ayant passé, il y eut nos séances, et la défloration d'une Mathilde consentante. Considérant ses grands émois, et l'application de nos doigts, la pucelle s'en trouva comme des plus satisfaite. Du moins, il paraissait.

Ce qui fit que Mathilde, au préjudice de Rose, évita par la suite de se répandre en confidences. Sa tante en fut peinée, et plus encore : déconcertée, si bien que la pénitente guetta, enfin qu'elle surprit plusieurs de nos gestes ébauchés, lesquels eurent le travers de susciter – chez elle – une débauche d'équivoques.

Oui, elle fut enseignée. Oui, elle fut assaillie. Les doutes la prirent en gorge. Que sa sœur, que le comte, et que ce petit monsieur qui enseignait le latin se liguent pour opprimer cette jeune et chaste Mathilde !

Il fallait les surprendre. Il fallait les contrer. Le devoir de raison se trouvait à ce prix.

Ainsi, Rose s'en fut. Elle décida de prendre langue avec le protecteur de sa conscience marrie : le bon abbé Lieven. Celui-là l'écouta, et il fut même intéressé. Ils convinrent de concert d'aller surprendre au lit notre quatuor de réprouvés afin de jeter l'anathème, et puis de nous poursuivre en chantant les louanges d'un Dieu sombre et vengeur.

Et là…

Ils s'introduisirent nuitamment au logis des Mortcerf. Ils biaisèrent adroitement afin de ne pas croiser quelque domestique attardé, eux deux, les croisés de la Foi, avides de ce spectacle qu'ils pressentaient déjà comme le summum de la débauche.

En ce qui nous concernait, nous demeurions en ignorance de cette noire audace. Remis de nos excès, il se pouvait que ce soit le moment privilégié pour déguster nos belles. D'abord, nous étions nus et, au débouché de notre ventre, à nouveau, il saillait ce serpent qui allait subjuguer nos cavales somptueuses.

J'avais, pour le début, entrepris de basculer Mathilde sur le lit, et je m'étais avancé pour pénétrer son ventre ouvert. Elle m'accueillit de grand plaisir, cela en m'entourant ses reins avec la douceur tressautante de deux jambes assouplies. Ses seins restaient saillants, tandis que je poussai et que je me retirai avec un rythme lent qui promettait, par son exquise durée, de contenter au plus haut point ma merveilleuse énamourée.

Derrière nous, mais dans une position à la nature quelque peu différente, s'avançait le comte vers son épouse, tous les deux bien conscients d'un plaisir partagé, enfin pour l'heure prolixes d'aimables mignardises facilement consenties. Lui se trouvait sur le dessous. Elle contre lui, mais à rebours.

Aurore suçait délicatement le joyeux pendentif offert par son mari, lequel s'attisait de concert, comblé par la dextérité qu'affectait la comtesse, nantie sous un savoir de reine, celui que de nombreux amants avaient mis tant de nuits à si bien modeler.

La belle gobait la chose comme s'il se fut agi d'une confiserie fraîche, et puis elle l'extirpait en se guidant avec les mains, et juste avec assez de vigueur pour que le décalottage se réalise en bonne cadence. Elle léchait, et de sa langue en titillait l'extrémité pour aspirer, là pour s'en délecter, pour se napper avec un suc qui présageait dans peu de temps une éjaculation abondante.

Ce pouvait sembler étonnant. Aurore était conduite, tandis que le visage du comte disparaissait entre ses cuisses, que de surcroît, qu'avec puissance, la langue du bienheureux se montrait des plus active, et cela tout autant, et cela davantage, que celle de son épouse. Il montait, descendait. Il lubrifiait deux lèvres à présent découvertes qu'il avait su hisser sur le dessus d'une toison drue.

Il s'efforçait de rechercher, en l'extrémité de son périple, le fruit si convoité que toutes les filles cajolent en leurs nuits solitaires, vraiment… trouver à suçoter la conjonction de leurs désirs et le creuset d'une démesure. Il agaçait du doigt le second orifice, ce dernier bien plus haut, et qui se détendait en frémissant avec lenteur, déjà ouvert, déjà vaincu. Oui, la caresse se voulait double.

Mais là, nous fûmes surpris !

***

Un rideau de brocard recouvrait un pan de mur tandis qu'il y avait, et ceci par-derrière, les deux curieux d'Église en passe de nous guetter – la divine Rose et son curé ! – dardant sur nos corps nus leurs regards suspendus. Ils ne purent, certes pas, se cantonner dans le silence :

— Mais c'est horrible ! en gémit Rose.

D'autant qu'elle détaillait, les yeux assurément tendus, plusieurs fantaisies hasardeuses envisagées par elle dans son confessionnal. Vraiment, c'en était trop ! Sidérant, et peut-être inquiétant, tant se trouvaient précis les ébats des pêcheurs, tant leur délectation se trouvait évidente, tant se trouvait experte l'âpreté de nos jeux.

— Ce doit être merveilleux ! compléta posément le bon abbé Lieven au terme d'un tremblement qui lui gagnait le ventre.

Lui se trouvait plongé dans un jardin d'Éden où des corps angéliques se livraient sans pudeur à moult enlacements, l'esprit dégagé et heureux, en dehors du péché, fort éloigné des turpitudes.

Cependant, les curieux se trouvèrent bousculés, d'autant que nous nous redressâmes dans un élan sublime et, sans s'être concertés, nous

nous saisîmes des importuns. Eux ne résistèrent pas. Ils furent des plus surpris. Ils s'attendaient à d'autres scènes, à notre confusion, à notre trouble, comme à notre embarras. Mais rien ne se réalisait dans les accords de leurs prévisions.

Là aussitôt, nous les traînâmes pour les jeter au milieu de nous. La comtesse et Mathilde, en furies déchaînées, se saisirent en paquets des jupes de la grande sœur et les lui remontèrent plus haut que la poitrine. Elle portait une culotte, que j'ouvris d'une main leste. Dessous palpitait un taillis. Je m'empressai de le caresser, avec douceur, puis avec transe.

L'autre se tordit… un temps, mais ce fut pour se rendre, et enfin pour se pâmer avec les yeux rentrés, ne plus se déformer les bras et ne plus résister. Je l'abandonnai alors à ses tourmentatrices. Mathilde se pencha par-dessus pour la baiser en bouche, tandis que la comtesse découvrait une poitrine aux tétins larges et drus, étonnamment dressés. Rose, là en aucune façon, n'avait plus en elle-même la volonté de mordre. Aussi se laissa-t-elle glisser, peut-être en regrettant son ancien temps perdu :

— Oh, Jésus ! Oh, cette fois ! Pourquoi faut-il que ce soit interdit ? Pourquoi faut-il que ce soit un péché ?

Mais enfin, auprès d'elle, mais enfin, derrière moi, le prélat s'empressait, remettant en pratique d'éminentes expériences courantes en séminaire. Il était initié. Il était libertin. Il eut tôt fait de déboucler tout le devant de sa soutane et de s'en retrouver dans le même appareil que nous autres, âmes surprises, et enfin donc que nous, les suppôts de Satan !

Mais là, en exceptant que je puisse admirer son sceptre triomphant, tant son geste fut rapide, aussi déterminé. Il me poinçonna par-derrière, ce qui me déséquilibra tout en me projetant, et si bien qu'à mon tour je poignardai d'un coup le délicat buisson proposé par une Rose au bord de la pâmoison. Cette dernière réagit en se cabrant des reins, échappant pour un temps aux mains de la comtesse. Enfin, de son côté, ce fut pour retomber sans nul esprit de conflit, goûtant par des râles sourds les effets conjugués de mes plongées alternatives.

Auprès de nous, de même, en aucune manière dérouté, le comte se décida à prendre position. Il se jucha par-derrière le prélat. Notre abbé possédait des jumelles fort bien faites, rebondies à souhait et libérant entre elles un orifice ouvert dont la dilatation ne pouvait être que l'indice d'une pratique soutenue.

Oui, le comte, d'un coup preste, s'engagea à son tour, usant d'un élan enthousiaste, lançant la cadence, tandis que l'heureuse Rose, sous le ventre de ses trois cavaliers, subissait ses mille morts avec un évident délice.

Il y eut aussi Aurore, dans le même temps inoccupée, pour délaisser le lit, pour se saisir des verges qu'elle avait apportées. Enfin, et ce que la comtesse contempla devant elle, ce furent les fesses de son époux, lesquelles se plissaient en se mouvant.

Et elle frappa !

Les effets de ce déluge furent un bienfait du Ciel. Notre cadence première en fut accélérée, ce qui fit qu'en l'autre extrémité notre aimable et gente Rose recommença à se dépasser. Elle se sublima même en s'ajoutant une main furtive et en me pressurant sur tout l'entier de ma longueur, mais de plus là... tout en m'abandonnant le fond de ses entrailles afin qu'elles me surprennent.

— Un péché pour le moins, avoua-t-elle, mais sereinement exquis. Il semble posséder un charme inimitable. C'est un fruit défendu.

Près de là, notre abbé paraissait émerger du fond de son extase, goûtant jusqu'à l'ivresse des travers incertains. Sa dévotion profonde, il savait l'assumer dans son plaisir de mâle. Aussi se secoua-t-il au dedans de mes reins tandis qu'il recevait la même contribution dans ses propres organes : le cadeau propre au comte.

Sa pénitente de l'heure, l'aînée de la comtesse, reléguait au plus loin sa dévotion troublante. Elle assumait un vif plaisir à déguster mon vit, et plusieurs fois – au demeurant – par-devant l'assemblée. Elle avait même rendu des agacements de langue au profit de sa sœur, à Aurore, pour que personne n'ignore l'état de ses ambitions, nouvelles et libérées. Sans s'égarer, sans se gourmander, Rose venait de se rendre.

Oui certes, oui à présent, elle participerait à nos jeux, ce qui se révéla un choix des plus convenable.

Depuis cette nuit marquante, toutes sortes de retenues furent jetées par-dessus les ailes de chaque moulin. Nous usâmes de nos corps, ce qui nous dévoila d'invraisemblables richesses. Il y eut de nouvelles positions où l'apport maîtrisé de notre excellent prélat, le bon abbé Lieven, nous fut d'un grand secours.

Il avait décidé d'apporter aux débats le savoir délicat que ses anciens voyages lui avaient accordé la faculté de rassembler, surtout dans le domaine de la socratisation et de l'apport sucré que pouvaient véhiculer une langue ferme et dardée et deux lèvres en corolle, que l'autre soit une femme, ou bien d'un autre goût : un homme.

Ainsi, il se forma des figures inédites dans lesquelles la comtesse décida sans ambages de figurer au premier rang. En tant qu'hôtesse et en tant que maîtresse, il fallait que d'elle-même elle s'offre à l'homme d'Église dans le simple appareil de son entrejambe palpitant, si bien qu'elle s'imposa comme étant demanderesse.

L'abbé en fut flatté. Il dégagea sa main de par-dessus son ventre pour offrir à la belle une élancée sublime propre à damner un saint. Il se décalotta, usant d'un élan sûr, avant de se confier aux caresses éminentes que n'allait pas manquer de lui prodiguer Aurore. Ce qui fut fait, et fort bien fait. Ainsi, notre ami de l'Église fut d'un coup aspiré et introduit jusqu'à ses bourses.

J'eus à ce même moment le loisir de lui rendre, par souci de courtoisie, cette fougueuse intromission dont il m'avait si plaisamment comblé, et moins d'une heure plus tôt. Je l'écartai donc – par-derrière – et je me fourbis pour l'affaire. Il se retourna en souriant. Homme de goût, il comprenait mon attention, et il m'en remerciait. Après, il se pencha pour effleurer le torse dévoilé de la comtesse, pour goûter à ses seins, les faire rouler au doigt, et pour lui titiller les ourlets d'une bouche rendue avide sur le moment.

À nous voir si affables, un sourire de madone glissa en volupté sur les lèvres de Rose. Elle venait, devant nous, de se mettre totalement nue, de dévoiler ses charmes sans une once de pudeur.

Il y eut aussi la jeune Mathilde pour se placer à genoux comme il sied à une fille dans ses années d'enfance, hautement respectueuse en face de ses aînés. Oui, à genoux devant sa tante douairière, à présent écartée.

Avec les yeux baissés sous ses cils allongés, les deux mains bien à plat sur le derrière des cuisses que lui accordait Rose, Mathilde décida de s'engager vers une conquête polie. Sa langue était bien douce. Elle la raidissait au plus loin. Elle débuta, se frayant un espace dans la jachère ardente de ce buisson débordant. Elle découvrit des lèvres que tendait le péché, des lèvres qui palpitaient et qui s'ouvraient en espérance.

Puis, Mathilde s'engagea, mignonnant une caresse, usant d'une virilité sur-le-champ appuyée, un peu comme si elle se transformait, un peu comme si elle pouvait être un garçon dans l'effort. Rose l'accueillit en souriant, mais sans user de détours, et même qu'elle se crispa pour ramener vers elle la nuque de sa vestale, afin que la bouche de Mathilde lui reste en contact ferme et puis qu'elle se dirige vers le haut, vers le bas, et puis à l'intérieur. La sœur aînée gémit. Elle roula de la gorge tandis que ses mains se tordaient et que son sceau ombré se hissait, au plus haut.

À ce moment choisi, le comte, presque par distraction, lui passa par-derrière et, d'une main négligente, entreprit de fesser le postérieur offert. Rose fut cueillie, surprise. Alors, elle se renversa, mais, en aucune façon, elle n'eut la moindre envie de détourner ses hanches, en rien de se protéger. Trop de bonheur la submergeait.

D'autant que la jeune Mathilde ne brisait pas le contact, pour qu'en aucune façon ne s'en vienne défaillir ce dard si féminin, tout autant qu'indiscret, qui sait si bien se tendre lorsqu'il est effleuré. Une précieuse jouissance se déclencha alors. Elle fut conclue – interminable – par un chapelet de mots lâchés par une voix rauque, tandis que la pécheresse s'écroulait sur le lit :

— Ah, comte, ah, ma bonne fille, vous m'avez fait jouir ! Et Dieu que c'était bon ! Que j'aimerais, à nouveau, renouveler l'entreprise, même au prix de l'enfer qui, à présent, me guette !

Enfin, Rose, en émoi, alanguie de volupté, s'était reposée plein dos, avec les genoux relevés et puis les cuisses ouvertes. Nous la contemplions, nous tous, là, de même que l'abbé. Nous avions, l'un et l'autre, jeté dans divers vases notre liqueur délicate. Mais, dans le même instant, nous semblions, somme toute, quelque peu nonchalants, en attente d'autres élans pour nous brouiller la tête.

Le prélat s'en alla pour rejoindre sa robe, fouillant dans ses tréfonds, et après nous rejoindre en tenant devant lui, à la manière d'un ostensoir, un supplément sculpté d'une taille si prodigieuse que personne d'entre nous n'aurait pu se hisser jusqu'à une telle conquête. Il nous dit, souriant, sa bonne mine engageante :

— Je l'ai eu d'une abbesse responsable d'un couvent. C'étaient des sœurs bénédictines. Elle souhaitait que je le copie en plusieurs exemplaires, d'un identique parfait, pour l'enseignement précoce de ses plus jeunes novices.

Je me suis alors rendu à ses désirs pressants, en lui livrant ces buis assaisonnés d'huile sainte. J'ai contenté l'abbesse en essayant sur elle ces objets de piété. Je lui ai octroyé trois fois son bon plaisir. Elle sut m'en remercier, usant de ses mains douces.

Notre bon abbé Lieven se conservait aux yeux toute une nuée d'étoiles, mais ce ne dura qu'un temps, car il s'approcha de Rose, ce pour lui enfoncer son instrument en bois, bien au fond, là jusqu'à la racine. La bonne dame suffoqua, mais sans en éprouver une douleur réelle, d'autant que notre Rose, désormais complaisante, abondait de cyprine à la suite du traitement accordé par Mathilde.

Or, l'homme, le défroqué, d'une main en corolle à la fois souple et ferme, imita le barattement que pratiquent les garçons sur le ventre des filles. Il était doux dans l'emboîtement, mais il se découvrait des vigueurs surprenantes dans ses mouvements de retour.

Nous savions d'expérience que ces engins d'amour procurent une jouissance à nulle autre pareille. Pour dire la vérité, qu'ils modulent chez la femme de très violentes intensités auxquelles nos avancées naturelles de la chair ne peuvent jamais prétendre.

Oui, nous savions que Rose allait atteindre le Ciel, qu'elle allait se débattre et que, dans ses mouvements, elle pourrait se blesser. Ainsi, nous la tînmes tous, par la main, par les coudes, autant que par les cuisses. Mais ce fut, dans l'instant, rien qu'à peine suffisant, tandis que le mouvement impulsé par l'abbé prenait toute son ampleur et qu'il se prolongeait dans une succession de va-et-vient puissants. Là, Rose se transforma ! Elle devint une furie. Elle se mordit les lèvres et bava de la langue. Elle se tordait la taille, et avec tant de force que nous arrivâmes – à peine – à la retenir plein dos.

Elle piaffait. Elle jurait. Elle libérait au monde un excès de plaisir qui devenait invraisemblable. Elle jouissait en continu, sans le secours de pauses. C'était une cavalcade. C'était un ravinement de rochers sur une pente. Il y eut un dernier cri qui monta bien plus haut que la cime des massifs où se rassemble la neige. Puis Rose se relâcha, à demi évanouie.

Sur le coup et furtif, l'abbé retira son engin. Il l'essuya à sa soutane. Ensuite, et en usant d'un mouchoir allégé de ces broderies que l'on pratique en Flandres, il ôta les excès d'une sueur plutôt grasse qui était venue rouler sur le visage de sa pénitente. De même, la comtesse s'empressait. Elle présentait des sels à forte odeur de camphre dessous les lèvres de sa sœur. Cette dernière en gémit. Elle retrouvait ses sens.

— Amis, nous confia-t-elle en usant d'une voix des plus énamourée, j'ai bien cru que mon ventre allait totalement s'ouvrir, et ce, au moment même où je me mettais à découvrir les délices de l'enfer.

Nous nous sourîmes comme des enfants, émerveillés par cette candeur dévoilée sans malice. Ensuite, nous nous lavâmes et nous nous rhabillâmes avant de nous réfugier dans nos chambres respectives, poursuivis par Morphée, et rendus là, nous sacrifiâmes aux exigences d'un bon sommeil. Nous étions épuisés, mais des sourires sans fin s'accrochaient à nos lèvres.

***

Le lendemain était un mercredi. Un plateau m'attendait tout auprès de mon lit. Il contenait une lettre cachetée, et rédigée à l'encre.

La signature m'éclaira mieux. C'était notre abbé licencieux qui s'adressait à moi, m'écrivant en ces termes :

***

En ayant pris bonne langue auprès de monsieur le comte et madame la comtesse de Mortcerf, et en l'accord de mes très chers amis, il nous serait à l'un et l'autre agréable que vous preniez un envol différent de celui qui vous a été, jusqu'à présent, offert. L'excellence des progrès accomplis récemment dans le domaine de la philosophie, dans ceux de la physique et dans ceux de la morale, des propensions heureuses qui semblent être les vôtres en traitant les affaires de la théologie, comme de l'astronomie, m'imposent, ainsi qu'un devoir saint, de vous proposer quelques voies différentes.

Il nous paraît, en outre, inconcevable qu'un esprit tel que le vôtre se perde tout en jachère au plus loin de l'Église. Ce serait préjudice. Ainsi, je vous propose de venir me rejoindre en tant que lecteur d'office, comme assesseur, ce pour vous associer à un ouvrage que je compose sur la piété du monde.

Il va sans dire, bien sûr, que vous bénéficierez d'une liberté totale quant au temps consacré à nos amis communs – monsieur le comte et madame la comtesse – pour vous livrer à toute activité à laquelle ils auront l'honneur de vous convier. Moi-même, au demeurant, je vous accompagnerai le plus souvent possible, vous secondant par mes efforts, vous prodiguant mes plus précieux conseils.

***

J'étais resté au lit. Je relus plusieurs fois cette lettre qui exhalait un fort goût d'encre et de cire chaude. Ainsi, l'abbé me réclamait. Ainsi, l'abbé me demandait. Il s'en était ouvert au comte et à la comtesse. Il s'agissait d'un ordre. On ne résiste pas aux injonctions de l'Église.

Lorsque je fus levé, je m'en allai rejoindre mes hôtes. Ces derniers m'attendaient, et de même que Mathilde. Tous trois faisaient grise mine, préjugeant par avance de l'objet malencontreux duquel nous allions converser. Je me jetai à leurs pieds, tout en leur faisant mes promesses :

— Je vais me rendre auprès de ce curé, et je m'efforcerai de le contenter sans détour. Mais aussi je m'échapperai, ce pour venir ici, et ce pour vous rejoindre, car je conserve en moi l'idée de renouveler maintes fois les plaisirs que nous avons connus, ensemble, ou même séparément.

— Mon enfant, fit le maître, foulez votre chemin. L'avenir que l'on vous offre ne doit plus se complaire dans notre cercle étroit. Il importe, à présent, que vous couriez le monde, que vous vous confrontiez à bien d'autres agréments que, par la suite, vous irez distiller auprès des grands du siècle. Ne soyez pas marri. Nos vœux vous accompagnent.

La comtesse et Mathilde ne purent que balbutier. Des larmes les étouffaient. Pour preuve de leur bonté, pour témoignage de leur amour, elles s'en vinrent m'embrasser. Puis elles baissèrent l'encolure de leur robe pour mieux se décolleter, pour m'offrir les doux fruits de leurs tétins émus. Quoiqu'un désir latent s'en vint me tenailler, mais je n'eus pas l'ardeur d'y porter une main douce.

L'heure suivante, je m'en fus avec les yeux baissés, les épaules molles, l'allure modeste.

***

Dès que l'on m'annonça, non nouveau protecteur fut étrangement cordial. Je le trouvai en conférence avec quelques seconds – un official, un promoteur – en train de disserter sur l'art et la manière de remplir au plus haut les aumônières de la paroisse.

Il se dressa à demi. Il se leva de sa chaise. Puis, d'une main souveraine, il congédia ses partenaires. Ceux-là rassemblèrent leurs papiers, leurs plumes, leurs encriers. Ils s'en furent, résignés, mais non sans s'être, et à de multiples reprises, inclinés devant leur maître.

À présent, nous étions seuls, et l'abbé me sourit :

— Mon enfant, c'est écrit. Nous allons, tous ensemble, marcher l'un près de l'autre sur un chemin pierreux, mais dans la perspective de pénétrer au plus étroit les enseignements du corps, ses aspirations, ses transports.

— Les souhaits de Votre Sainteté restent des ordres, pour moi.

— Bien, excellent garçon. J'ai hâte de commencer. Ce sera maintenant.

Il alla vérifier la serrure de la porte. Pour davantage de sûreté, il poussa les verrous. Puis il me fit mettre à genoux et il releva sa soutane. Par-dessous, sa tension avait déjà bonne mine. Il la flatta d'une main, la faisant osciller, puis la décalottant.

Mon instinct restait fort, et je savais y faire. De mes doigts rassemblés, je me saisis de sa hampe qui réagit par un sursaut à la première seconde du contact appuyé. À moi le mouvement de va-et-vient huilé ! Ma cadence était lente. Je savais me moduler afin que la volupté ait tout loisir de se répandre. L'abbé en murmurait force diatribes latines qui devaient être loin des citations du Livre.

Enfin, et lorsque la tension devient insupportable, lorsque la course risqua de se terminer en apothéose, je me permis de présenter mes lèvres. Je suçai en bonbon, et je repoussai la chair avec un pilonnage exacerbé de langue. Mon maître n'en pouvait plus. Il était devenu rouge, et ses mains s'incrustaient sur le dossier de sa chaise. Il gémit pour la fin, puis il se détendit. Son jet fusa sur mon visage, roulant sur mon pourpoint. Je ne le quittai point. Je m'empressai de secouer le brandon enflammé, et ce, pendant de longues minutes. À chaque oscillation, il rejetait sa fougue. Mon art fut de le vider. Ses cuisses restèrent empreintes d'un tremblement soutenu. Enfin, il me saisit par les poignets, cela pour me tempérer. J'obéis, dans l'instant.

— Je dois me réjouir, fit l'abbé dans un souffle. En quittant la maison de nos amis Mortcerf, en venant me rejoindre, vous n'avez rien perdu de vos dispositions. Nous ferons de grandes choses. Mais sachez obéir.

Je m'inclinai de nouveau, tandis que je m'empressai d'essuyer les dégâts issus de nos transports. D'abord sur le membre de l'abbé qui, à présent, se racornissait, puis sur le reste de nos toilettes. Mon partenaire d'émoi me flatta à la nuque :

— Vous êtes un bon garçon, renouvela-t-il en compliment, si bien que je vous dois une solide récompense. Redonnons-nous la liberté, faisons le don de la lumière à cet impertinent que je vois poindre ici sur le devant de votre culotte.

C'était la vérité. J'étais d'une indécence sans dissimulation. Aussi, me débouclai-je. Je relevai ma chemise et baissai aux genoux mes chausses en drap de soie. Oui, mon impertinence était déjà relevée, et elle se soutenait dans une belle verticale. Elle me saillait au ventre, tout en me caressant les replis du nombril.

— Voici apparemment une plaisante conquête qui ne saura plus s'adoucir qu'en étant sublimée, s'enthousiasma l'abbé en se plaçant lui-même à bonne hauteur de bouche.

Il me saisit jusqu'à la glotte, me montrant sans attendre l'étendue absolue de son savoir rompu aux pratiques socratiques, aux actes dont les hommes usent exclusivement entre eux. Je ne sus plus me retenir. Mais je restai discret, exempt de transports excessifs. Certes, il avala tout.

***

Nous prîmes quelques instants pour remettre de l'ordre dans le chahut de nos vêtements, afin que notre souffle, soumis à tant d'épreuves, reprenne une autre cadence. Nous libérâmes la porte.

— Messieurs, annonça le prélat lorsque ses arrivants furent une nouvelle fois invités à se rendre jusqu'auprès de l'abbé, voyez à mes côtés notre jeune Gabriel, pour lequel je fonde les plus grands des espoirs. Il recèle en son sein un florilège de qualités. Déjà, il m'a surpris avec sa science et ses discernements. Je viens de décider : il me sera attaché, ce pour m'être fidèle. Dès à présent, il fait partie de ma maison.

Nous dînâmes de concert, ce en nous régalant de perdreaux en gelée, et puis de fricassées de girolles vinaigrées. Je fus couvert d'éloges. C'en était à celui qui trouverait les meilleurs mots propres à me conforter dans mon nouvel état. Mon maître les écoutait, et puis il souriait. Mais il n'était pas dupe. Il connaissait chacun de ces bienheureux hypocrites, leurs travers, leurs manquements. Il savait tout des gouffres que recelaient les flatteries.

Au dessert – ce fut un délicat sorbet glacé à la pistache –, il me nomma sous-diacre. J'eus l'air de me rengorger et de trouver fort naturel cette promotion expéditive qui ne faisait qu'entériner mes attitudes de soumission.

Pourtant, et dès mon premier moment de libre, je résolus de m'échapper afin d'aller porter la bonne nouvelle de mon nouvel état auprès de mes anciens maîtres. Mais mon ami l'abbé restait un fin renard. Il accrocha mes pas dans l'encadrement de la porte :

— Allez, volez vers vos complices pour leur annoncer que bientôt je m'en irai les rejoindre afin que nous partagions d'autres merveilleux moments. Je compte sur votre message, aussi... que vous les prépariez.

J'opinai de mon chef et je courus chez le comte sans prêter attention aux mille et une incertitudes que recelaient les rues au cours de mon itinéraire, comme le seraient les prostituées, les voleurs, les mendiants.

Je fus introduit sur-le-champ. La comtesse se jeta à mon cou. Elle me couvrit de baisers, et cela sans prendre garde à la présence des domestiques. Mathilde fit davantage. Elle releva sa robe afin de me montrer que la toison de son ventre se renforçait en floraison, que désormais elle la couvrait entière, et jusqu'à ce que personne ne puisse plus distinguer la trace énamourée de ses lèvres frémissantes.

— Nous aurions avantage à décider de nous rassembler dans nos propres quartiers, annonça calmement le comte en donnant quelques ordres. De plus, l'abbé de la paroisse devrait être, sans attendre, introduit auprès de nous au moment de son arrivée.

Il y avait un bon feu, et des rideaux tirés, ce qui laissait planer une pénombre complice, un climat engageant. Ainsi, trempés de sueur, nous nous mîmes en devoir d'adapter nos tenues ou, plus précisément, de rendre à la nature sa pureté d'origine. Ainsi, nous nous mîmes nus, en une autre naissance.

Assurément, les femmes eurent quelques minauderies lorsqu'il fallut défaire leurs tout derniers atours, et qu'elles durent exhiber face aux yeux de leurs mâles les courbes de leur taille, le soutien de leurs seins et la cambrure de leur fessier. Pour l'heure... il y eut quelques hésitations et des sourires par en dessous, des mains ouvertes pour dérober ce qui ne devait pas l'être, des doigts qui s'effacèrent dans une frénésie d'offrandes.

Mais quant à nous, les hommes, nous fîmes moins de manières.

Notre point de convergence, ce fut l'effronterie dont faisaient preuve nos sceptres, lesquels se sustentaient sans besoin de contact, sans aucun attouchement, du moins en attendant l'arrivée de l'abbé. Lui tardait, à présent.

Cette tempérance dans la pause fut une espèce de nouveauté. Il y eut, assurément, les bienfaits de l'attente durant laquelle nos plus pressants désirs s'affermirent de pulsions, tandis que nos coups d'œil se firent concupiscents.

Enfin parut l'abbé. De son regard allumé, il contempla notre assemblée, à présent attentive, peut-être immaculée dans son apparence primitive, mais avant tout rendue nerveuse, crispée par une trop longue attente.

Mathilde était la plus jeune d'entre nous, comme la moins raisonnable. Elle commençait par se glisser certains doigts impatients jusqu'à son entrejambe, en cherchant – en trouvant – son bouton de plaisir qui n'en pouvait plus de se tendre, jusqu'à se sublimer. Notre pupille se prélassait dans l'entier de cette pureté que l'on prête à l'enfance, avec des formes si pleines que le plaisir des hommes ne pouvait qu'y succomber, que venir y porter les creux de paumes ouvertes, ainsi que l'ourlet des lèvres. Mathilde s'imposait comme plaisante avec ses cheveux en cascades qui la recouvraient jusqu'aux reins et qui, dans chacun de ses mouvements, dérobaient en volutes un tétin indiscret ou la toison d'un ventre.

Notre délicat homme d'Église ne s'y trompa pas longtemps. Il ne portait que sa soutane, et puis encore ses bas. Il s'en dépouilla prestement. Dessous, sa gaillardise se révéla au monde comme des plus conquérante.

Mathilde, l'objet de ses désirs, en eut un recul prononcé, plutôt un étonnement – secret, admiratif – devant une telle offrande. Elle se mit d'elle-même en position, accroupie sur le sol, les cuisses fortement écartées, en attitude de soumission, celle que pratiquent nombre d'esclaves livrées à l'exigence débridée de leur maître.

Pour ne pas être en reste, la comtesse se saisit du sceptre proposé par le ventre de l'abbé. Elle l'enduisit d'un savoureux onguent qu'elle serrait pieusement dans un médaillon argenté. C'était une recette qu'elle tenait de sa mère, qui elle-même… on allait vite se perdre dans les générations ! Mais l'essentiel restait que son efficience soit prouvée.

Donc, elle passa les mains pour oindre cette chair tendue depuis la base jusqu'au sommet, et même jusqu'au prépuce joliment découvert, mais tout en prenant garde de ne pas s'attarder, de ne pas solder, avec les doigts, le précoce d'un engagement, lequel se réservait pour un tout autre fourreau.

— C'en est assez, belle dame, et je vous remercie, lui souffla notre abbé. Conduisez-moi, je vous prie, jusqu'au bon réceptacle.

Ainsi graissé, huilé sur sa surface entière, aucun doute ne subsistait du côté de la comtesse ni de même pour Mathilde. Le choix, ce ne pouvait être qu'une bonne union irrégulière, la sélection d'un orifice réduit, et de surcroît plissé, qui en recueillerait le nectar.

Mathilde se prépara. Elle écarta ses jumelles, cette fois en se portant la main, tout en arrondissant son délicat œillet d'une rotation de pouce. L'abbé s'introduisit. Il usa, dans l'affaire, l'extrême de sa douceur. Après, il entreprit de s'étendre jusqu'à ce que ses propres bourses se choquent sur les rotondités offertes par sa maîtresse dont le fessier saillait en une cambrure suprême. Le visage de Mathilde se trouvait tout en pleurs, encadré de cheveux agités en violence, laissant sourdre des plaintes :

— Encore ! Encore, mon père ! Ne vous retenez pas s'il vous reste dans le cœur un restant de pitié. Je n'ai plus nulle douleur. À présent, je déguste cette extase infinie que me procurent, céans, les avances de votre lanterne. Mes chairs se pâment sans autre vacance en une folie déraisonnable : celle de vous recevoir.

L'abbé répondit calmement. Mais son souffle, par-derrière, menaçait de s'oppresser :

— Enfant, vous ne savez pas – certainement pas encore – ce qu'un vit bien construit peut assurer aux filles. Allons, restez tranquille pour accompagner mes poussées et vous ouvrir jusqu'au plus loin. Vous devez m'accueillir en vainqueur estimable, et puis me sublimer en libérant votre cyprine. Nous y gagnerons ensemble. Nous offrirons aux yeux d'un auditoire choisi un spectacle émouvant effleuré de gaieté.

Ainsi fut fait, et de fort belle façon. Mathilde se donna, par elle-même, des poussées en arrière qui renfoncèrent l'abbé au dedans de son ventre. Par là, par son intempérance, notre aimable pupille s'accordait nombre d'excès que l'on prête aux garçons. Elle générait sa propre cadence en rompant l'exercice imposé par Lieven, et même lui apportant un soupçon d'interdit.

— Vous êtes une traîtresse ! gémit le pourfendeur cette fois-ci sublimé, ivre de contentement.

— Et vous un indécis qui traînez en chemin, lui fut-il répondu par-dessous des cheveux qui s'agitaient sans trêve.

Notre cher ami l'abbé, parodié de cette manière, rétablit la logique en impulsant de nouvelles cadences. Il eut même le bonheur de sentir en lui-même l'exaltation de Mathilde lorsqu'elle se répandit en un déferlement, lorsque ses forces en défaillirent et que ses genoux en fléchirent.

Cette fois, le bon Lieven arrivait à son terme, car ici, de l'extrémité de son membre qu'il laissait apparaître à chacun de ses retraits, jaillit un élixir en abondance extrême, lequel moussait en débordant.

Sa cavale – enjouée – se mit à relever un fondement prospère. Elle aurait bien aimé que l'abbé se renouvelle, qu'il se pourvoie encore en d'autres chevauchées, ce qui fut accompli dans un cri assourdi qui avait tout d'un râle et qui se termina par un afflux vivant d'onomatopées exaltées. Mathilde chuta plein ventre. Cette fois, elle s'agitait sous un déluge de tremblements qu'elle ne pouvait plus asservir.

— Oh, Dieu ! faisait-elle en bavant, là en se crispant les doigts sur les franges du tapis. Oh, Dieu !

Elle mit longtemps à se calmer : l'intervalle pour que nous autres, malheureux spectateurs, accomplissions nos gammes. En se laissant entraîner, il se trouva que la comtesse saisit le fervent de mon membre, de même que celui de son mari, pour nous conduire l'un auprès de l'autre, dirigés par ses mains, jusqu'au plus proche des lits.

Une fois rendue, elle s'allongea, s'y écartant, et sans plus nous lâcher, elle nous introduisit chacun à notre tour dans ses passages secrets, moi par-devant, et le comte par-derrière. Notre exaltation était telle que nous conclûmes, l'un tout comme l'autre, sans pour autant nous accorder la moindre parcelle de volonté, sans musarder, et sans nous attarder.

Lorsque nous fûmes remis, et lorsque la comtesse eut soigneusement lissé et peigné à nouveau les boucles brunes de son écrin, et lorsqu'avec le comte nous nous fûmes secondés afin que nos ors virils soient à nouveau séchés, nous prîmes place en cercle.

— Il arrive un moment, nous annonça l'abbé, où la nature commande, où le repos des sens s'impose aux plus ardents afin que se prépare l'amorce d'une nouvelle renaissance, toute débordée et passionnée. Aussi, prenez le temps, s'il vous plaît, d'écouter un récit fort plaisant du temps de ma jeunesse, lorsque j'étais encore puceau.

***

« J'étais certes innocent, mais, par certains côtés, je connaissais les femmes. J'en étais entouré, et plus encore que de garçons. Cet été-là, je me trouvais en pensionnat chez une tante âgée que son récent veuvage avait tourneboulé, si bien qu'elle passait son temps libre en multiples privautés, dans des tête-à-tête assidus avec son confesseur.

Pour tout vous dire, j'étais totalement libre, ce dont je ne me plaignais guère. De préférence, j'allais avec une bonne compagne qui avait nom Laurette. Cette dernière se trouvait être comme la plus délurée de mes conquêtes d'enfant.

Dans ses excès de distraction, sans vice et sans calcul, elle aimait très souvent se mettre à caresser les hauts de mes culottes. Sans insister, pourtant. Toujours, en rougissant.

Une fois – c'était le crépuscule – au cours de ce temps où la chaleur semble marquer une pause et où les martinets coupent le ciel en piaillant, je me retrouvai avec Laurette dans un grenier rempli de paille, juste pour nous cacher, juste pour nous embrasser.

Les valets, les servantes nous laissaient bien tranquilles. Ma tante aussi, du reste.

Ainsi, avec Laurette, nous nous tenions les mains en nous attirant au plus près. L'idée naquit de cette confusion. D'où pouvait-elle venir ? De moi ? Toujours fut-il que nous décidâmes d'échanger nos vêtements, de me faire devenir fille, et puis elle un garçon. Mais une fois consentie, mais une fois exprimée, l'affaire se révéla pour le moins incommode :

— Je ne vais pas oser me montrer devant vous. Ce serait de l'indécence, finit par déclarer la demoiselle en rougissant.

— Mais qui le saura, ma mie ? Quoi qu'il puisse se passer dans ce grenier désert, j'en resterai muet. Même pas en confesse !

— S'il vous plaît, ne mêlez pas les curés à nos sens ! Ils ont trop fort à faire avec leur indécence ! Ce que je veux vous dire, c'est que je ne me suis jamais offerte de cette manière, jamais montrée entièrement nue, au ventre, sur les tétons, face à des yeux inquisiteurs, et en dehors de ma toilette.

Or, pour ma part j'étais – vous l'ai-je déjà avoué ? – dans une pure innocence. Quand même, je fis le fier. Je masquai d'indifférence l'étendue colossale de ma belle ignorance :

— J'ai une petite idée de ce que je vais découvrir : votre blason si palpitant, l'exceptionnel qui nous distingue entre filles et garçons. Et vous, quelles peuvent être vos images ?

— J'ai déjà vu un homme. C'était un palefrenier. Il pissait sur un mur et je circulais tout près. Il ne s'est point tourné, et même qu'en finissant, il a brandi vers moi son instrument glorieux.

— Peut-être que je possède un appareil semblable ? Mais le mien est plus doux, d'une taille plus propice à ce que votre main le flatte. Je ne suis même pas poilu.

— Oh cela, je le sais bien ! en rit très fort Laurette. Je l'ai déjà tâté, et il me semble gentil.

Bien vrai, ce qu'elle disait. À travers mes culottes, elle s'était, très souvent, ingéniée à jauger mes dimensions secrètes.

— Alors, décidons-nous, coupai-je là, décidé. Si nous traînons longtemps, ce sera vite la nuit, et on nous cherchera, et nous ne disposerons plus trop de latitude pour régler nos affaires.

Laurette eut un recul. Mais trop d'envies l'entretenaient. Elle délaissa son mince corset alors que, dans le même temps, elle se mettait à solliciter un engagement de ma part, mais ici donc sans écouter la réponse incertaine que j'évitai de lui donner. Ainsi, elle finit par me dire :

— Vous me promettez d'être sage ?

— Certes, oui, lui soufflai-je.

Mes mains filaient déjà, furtives vers ses agrafes. Je dénouai ses rubans. J'eus tôt fait de repousser sur le potelé de ses hanches sa robe et sa chemise tandis que, sur moi-même, elle imitait le même service. Nous fûmes nus, dans l'instant.

Personne ne parlait plus. Plus un geste, non plus. Nous restions sidérés par nos propres découvertes. Les mots qui vinrent ensuite ne furent qu'hésitations :

— Mais c'est assez plaisant, fit-elle en resserrant mon minuscule serpent qui prenait sa lancée, et qui se redressait sous l'action de la caresse jusqu'à se décalotter, affirmant son prépuce.

Ainsi, elle se mit à jouer tandis que, pour ma part, je n'étais pas en reste. J'avançai une main, cette fois-ci impatiente, sur le gentil duvet qui ombrait par endroits un mignonnet temple d'amour gentiment délicat.

— Mais vous me chatouillez ! dit-elle en riant. Enfin, je ne savais pas que les doigts d'un garçon pouvaient si bien œuvrer, comme libérer autant de plaisir.

Là, moi...

J'étais tellement parti dans mes émois brûlants – du fait des attouchements prodigués par Laurette – que j'eus assez de mal à lui répondre en précision. Je ne pus que poursuivre les caresses de mes mains, et débrider une porte qui... et peut-être, en ce temps... ne s'était pas encore ouverte sous l'effort d'un galant.

Je fus persuasif. Je fis coucher Laurette le dos sur ses jupons afin qu'elle ne se blesse pas aux sétons de la paille. Avec grande naïveté, elle s'entrouvrit pour moi. Ainsi, je la vis entière. En cette toute première fois, je me fis professeur :

— Ce que vous tenez en main a été inventé pour pénétrer en gentillesse dans le ventre des femmes, en cette partie précieuse qu'on ouvre avec deux doigts.

— Là où je sens glisser comme une chaude essence ?

— Si fait. Essayons, s'il vous plaît.

Cette prime introduction – enfin donc, tous les deux, nous étions des puceaux – fut un combat mené dans l'énergie et le sacrifice. Bien que toujours en âge d'enfance, bien que je fusse doté d'un appendice modeste, je me présentai à la bonne porte, avec l'intention établie de forcer le passage, et de m'y enfoncer sans le moindre détour.

Quand même Laurette gémit, car d'un coup secouée par une douleur intense. Elle eut même le réflexe de vouloir s'enlever, mais aussi, pour la fin, elle resta courageuse et puis elle m'aimait bien.

Dès lors, elle résista, et elle serra les dents.

Je n'étais pas bourreau et, en aucune façon, je ne voulais déplaire à ma jolie maîtresse.

Ainsi me retirai-je, d'un pouce ou même de deux, avant de me renfoncer avec toute la douceur dont je me sentais capable. Cette fois, je bousculai les ultimes des barrières et je m'engouffrai tout entier. Je fus si raffiné que Laurette se détendit avec sa prime douleur changée en ravissement. Elle découvrait une nouveauté.

Ma colonne se complaisait dans un jeu de douceur, en de multiples renoncements et puis en d'autres conquêtes. Nous nous laissâmes porter. Si nous nous retrouvâmes, ce fut longtemps après.

Nous quittâmes le grenier, son foin, sa solitude, pour rejoindre le monde.

— Je me suis bien amusée, me souffla ma compagne lorsqu'elle se fut remise.

Puis d'avouer, candide :

— Ce qui fait que maintenant je suis dans le bel état de rechercher les garçons, mais il faut qu'ils soient jeunes, et peu poilus du ventre, aussi petits de taille quant à leur excroissance : ma grotte est minuscule, et j'ai comme une grande crainte qu'ils se gonflent en démesure afin de me blesser.

En ce qui me concernait, j'étais un peu mouillé, mais hors de tout excès. Je pris une poignée de paille et je m'en bouchonnai avant de me rhabiller, cette fois-ci en regret que l'affaire cesse trop tôt.

Il y eut d'autres jours, et puis de nouveaux jeux. Au cours de nos escapades, Laurette et moi y sacrifiâmes. Sa caverne de Vénus se modifiait de forme pour s'arrondir en belle ampleur et pour s'approfondir. Enfin ce fut toujours pour m'accueillir avec plaisir lorsque la violence de mon sang se convertissait en douceur.

Nous prîmes aussi l'envie, au fil de nos chemins, au long de nos visites en herbages, en bosquets, d'échanger nos vêtements. Ainsi et très souvent, Laurette se transformait en un joli garçon, et moi-même... dans le rôle d'une gamine que l'on pouvait trouver accorte et puis piquante. Nous eûmes même l'idée folle de nous rendre de concert dans le sombre d'une auberge, que nous choisîmes fort écartée pour n'y point prendre le risque d'y être reconnus.

Le lieu était désert. Il n'y avait qu'une servante, la jupe courte, guère plus âgée que nous, pourtant en âge de femme.

Laurette se prit à rire. Elle se comporta en soudard jusqu'à porter la main en flattant hardiment le fondement de la domestique. Cette dernière en frémit, puis elle fit mine de se fâcher :

— Mon jeune monsieur, fit-elle, je suis une honnête fille et, en aucune manière, je ne saurais accepter que les mains d'un garçon, fut-il jeune comme vous-même, s'accordent la privauté de venir me presser. Si je me laissais aller à d'autres réactions, j'aurais l'envie mauvaise de venir vous fesser ainsi que vos parents doivent très souvent le faire.

— Allons donc ! Osez-le !

J'en demeurai saisi. Que se passait-il donc ? Laurette, qui se mettait prestement à genoux ! Laurette, qui se déculottait, offrant à la servante ses doubles rotondités !

Par la suite, elle m'avoua, que chaque jour et sans trêve, elle se faisait fouetter par ses servantes et par ses maîtres, qu'elle en avait grande habitude, et qu'à la moindre réprimande, elle devait se trousser afin de présenter le plus haut de ses cuisses.

La servante s'étonna, son regard s'égarant.

À la place d'une virgule saillant au beau milieu d'un ventre sans buisson, elle découvrit une grotte, un rocher arrondi tout palpitant d'émoi, en attente de sanction.

Mais cette belle correction dut certainement se faire attendre, car – et au lieu des verges – Laurette se sentit écartée, plaisamment caressée avec dextérité, avec une habileté qui magnifia en plein les émois débridés ma toute jeune maîtresse.

Laurette se mit à gémir, puis elle se prit l'envie de rendre la pareille. Elle s'alla relever les jupes de la domestique afin d'aller rejoindre le secret de son bouton, afin d'y appliquer le secours d'autres offices.

Ce fut assez plaisant de voir ces femmes entre elles, d'autant qu'au grand jamais, pas une fois, je n'avais vu une telle chose pareille. Ainsi, des plus troublé, je m'évadai jusqu'à atteindre les secrets de mon ventre, ce qui me fit grossir et déformer ma robe. Je revins sur la terre au moment même où je fus troussé. C'était la servante, échauffée :

— Allons, mademoiselle, votre sœur s'est offerte tout en s'en trouvant bien, si bien que je souhaite, ici donc, à présent, vous faire ma bonne manière. Ce sera fort plaisant, cela je vous l'assure. J'ai l'habitude des femmes, très jeunes, en mon usage. J'ai don d'initiatrice.

Mais non, car je me défendis ! J'étais en grand émoi, mais plus forte demeurait la crainte que nos manquements fomentent un vrai scandale. Ainsi, je serrai les cuisses et repoussai la main. Mais aussi, pour tout dire, mon renoncement de l'heure fut un vrai sacrifice. Laurette ne s'y trompa pas.

Car moins d'une heure plus tard, et lorsque nous nous jetâmes par-derrière un bosquet, je ne pouvais plus me retenir. Sans user de prémices, je me dépouillai jusqu'au ventre, au moins pour libérer mon enthousiasme viril qui saillait en dureté.

Laurette me l'oscilla comme elle savait le faire. Sa main fut un fourreau pour le moins admirable, si bien qu'en moins de dix coups, je lâchai ma liqueur. Cette dernière se répandit, d'abondance, en excès. C'était la première fois où je me comportai en homme.

***

Le récit de nos aventures, à Laurette et à moi au cours de cet été, aurait pu facilement remplir les pages d'un livre. Nous passâmes bien du temps à parcourir les chemins, et si loin du logis de notre vieille parente qu'en certaines occasions, il nous fut nécessaire qu'un paysan nous aide en nous hissant sur les ridelles de sa charrette attelée. Bien sûr, car autrement... nous aurions dû coucher, l'un et l'autre enlacés, sous les branches d'un grand chêne et à la belle étoile.

L'un de ces incidents nous fit d'être accueillis par la famille d'un grainetier et de sa gente épouse alors que, désormais, selon nos habitudes, j'étais en robe et en jupons, avec auprès de moi Laurette vêtue comme un gentil abbé. Nous nous amusions comme des fous avec les confusions que nous faisions naître, alentour.

Ce soir-là, un orage, violent et puis subit, fit que les eaux des Sorgues montèrent plus que de raison, qu'elles dévastèrent quantité de pâtures jusqu'à isoler plusieurs fermes. Nous-mêmes nous retrouvâmes ainsi que des naufragés, dès lors fort loin d'avoir l'aubaine insigne de rejoindre notre gîte.

Mais le grainetier fut notre sauveur. Il nous proposa son logis. Nous étions imprudents. J'aurais dû me méfier : le bonhomme avait l'œil torve lorsqu'il lorgnait avec grande complaisance les courbes de mon fondement, de même que le délicat de mes chevilles découvertes. Pour assurer la vraisemblance, je m'étais enfoncé deux linges sous le corset.

Son épouse, jeune encore, mais déjà rubiconde, lorgnait le côté de ma gentille Laurette, ô combien désirable dans son costume d'abbé ! Ce qui fit que le soir, mais bouffis de fausseté, ils entreprirent de nous proposer deux chambres très isolées... et puis les heures passèrent.

Auparavant...

Ils nous avaient bien cajolés au cours d'un souper plantureux où nous dégustâmes des gibelottes, des champignons, des entremets. Les fumets gras des sauces eurent l'heur de tempérer notre crainte du moment, et jusqu'à l'assoupir. Que serait donc cette nuit ?

Enfin, nous constatâmes que nos chambres ne fermaient pas, si bien que nous étions livrés, avec toute la candeur de notre jeunesse naïve, à la concupiscence et au vice de nos hôtes.

Minuit n'était même pas sonné que le grainetier s'en vint pour se conquérir une place. Il pénétra mon lit. D'abord, il me coinça tout contre la cloison et, de ses mains épaisses, il entreprit auprès de moi son périple sournois.

Oui, mais, tout comme une fille protégeant sa vertu, je me défendis avec hardiesse. Je lui lançai mon pied en plein contre sa flèche qui, cette fois dépassait d'une chemise aux volants plutôt courts. Le fâcheux se plia, et couina comme un porc. Je profitai de l'instant pour me glisser dans la ruelle, afin de m'esquiver pour rejoindre Laurette.

Ici, je fus bien inspiré, car cette dernière se retrouvait en fort grande perdition. Elle se défendait bec et ongles face aux transports sournois de la malencontreuse bourgeoise. Aussi ma toute gentille compagne s'en retrouvait-elle étouffée tandis que les mains de la grainetière étaient sur le point de s'infiltrer au plus bas de ses chausses... et de découvrir qu'elle était fille !

Mon arrivée brisa le charme. La femme, luisante au front, se mit à repousser avec solennité Laurette, puis s'en vint me faire face. Elle dit, mangeant ses mots en usant, dans l'affaire, d'un accent de terroir presque incompréhensible :

— Ne vous méprenez pas, ma gente demoiselle. Votre frère m'a appelée. Il était en misère. Ses viscères réclamaient. Je l'ai entendu gémir. Alors je me suis précipitée afin de lui apporter toute l'aide nécessaire.

— Ainsi que votre bon mari ! lui répliquai-je avec verdeur. Lui aussi recherchait les objets de son désir... dans l'entrebâillement de mes cuisses !

— Vous galéjez, enfant ! Il ne peut être possible qu'une pareille chose survienne. Vous vous êtes fourvoyée. Ce n'a été qu'un mauvais rêve.

— Tel le mien, sans nul doute, surenchérit Laurette, qui se remettait tant bien que mal tout en lissant machinalement le grand désordre de sa toilette. Aussi, pour couper court, nous dormirons ensemble, ma sœur dedans mon lit et moi dans un fauteuil, juste pour la surveiller. Là si quelque incident se prenait la fantaisie de venir s'immiscer, nous ne serions pas trop de deux.

La grosse femme grainetière nous grimaça très vilainement, puis elle tourna la tête vers son homme de mari qui guettait dans le couloir, mais qui ne se montrait pas, probablement honteux, surtout digérant mal mon coup fruste de talon.

L'autre fin de la nuit se déroula sans heurts, mais notre bourgeois, probablement remis, honora sa moitié dans la chambre contiguë. La cloison était fine et nous entendîmes tout.

Laurette et moi nous nous tenions les mains, et jusqu'à nous baiser sur les lèvres, dans le cou. Dans l'intervalle, là pour son bien, l'hôte fut un rude gaillard. À ce que nous perçûmes, il brisa plus d'une lance, si bien qu'au petit matin il ronflait pesamment du devoir accompli, ce qui nous apporta une grande commodité pour quitter sa maison sans même prendre congé.

Les eaux avaient baissé. Nous pûmes arrêter une carriole qui nous ramena à bon port.

L'année suivante, ma toute gentille Laurette convolait dans ses noces. Je n'en sus pas le fin mot, à part que la bougresse me confia le lendemain, en relevant sa robe, en m'attirant de la main, que son mari de la veille ne pouvait être qu'un niais, qu'il n'avait même pas vu que son chemin ouvert avait été frayé moult fois avant lui, qu'il était façonné, et ce, depuis le foyer pour rejoindre les communs ! »

***

Ayant repris nos forces, intimement émoustillés au récit de l'abbé et sur le point de partager de tous nouveaux délices, ce fut à ce moment où l'on nous dérangea.

On frappait à la porte. De ce fait, étonnés et pour tout dire confus, nous nous plaçâmes la main par-dessus nos vigueurs, davantage par respect que par réel émoi, tandis que nos deux femmes se protégeaient le ventre, ainsi que leurs tétins.

Mais ce ne fut qu'une fausse alerte, sans la moindre conséquence. Celle qui nous apparut était une Rose souriante. Elle nous avait guettés et venait nous rejoindre. Elle n'eut même pas besoin de délacer sa robe, car déjà, tout au long des couloirs et des chambres, elle s'était dévêtue, goûtant sa nudité avec un temps d'avance.

Elle palpitait, se caressant, s'enfournant plaisamment pour partager de concert notre symphonie subtile qui s'était engagée, à cette heure de la nuit, dans un second mouvement, sans la moindre fausse note et avec le ton juste.

***

Dans les jours qui suivirent, mon nouveau protecteur décida de quitter pour un temps la grande ville et de s'en retirer en campagne de Provence parmi les lavandins, la vigne, les oliviers.

Sa sœur nous accueillit dans sa villégiature. C'était une personne éminemment sévère, plutôt collet monté, de presque quarante ans, mais la taille bien tournée et à l'œil sans faiblesse. Sous son aile draconienne, et en regard de sa prestance, je me sentis misérable, assez tremblant, aussi.

La grande fille de l'hôtesse pouvait avoir ses dix-huit ans. Trait pour trait, en tout point, elle rappelait sa mère. Toutefois et en revanche, au regard langoureux qu'elle me lança par les dessous, aussi par sa démarche que je jugeai comme des plus nonchalante, je ne manquai pas de penser qu'elle pouvait faire commerce de plaisirs solitaires, qu'il était évident qu'elle usait de simulacres avec une telle vigueur qu'elle devait, de longues heures, s'en gorger la matrice.

Mon maître, là tout autant, ne s'y trompa point davantage. Le premier jour, dans un couloir à l'odeur sombre, de surcroît protégé des ardeurs du soleil par un fenestron isolé qui perçait le mur en plein nord, il me confia, et sans détour :

— Je sais ce que vous pensez, mon très cher Gabriel, que cette pauvre enfant en ses pratiques impies est sur le point de rompre une apparence de chasteté, si bien qu'il nous importe que nous la ramenions dans le sein du troupeau.

— Mais comment ? répondis-je. Ici, je me retrouve sans gloire et sans richesse, ne connaissant de la vie que ses pratiques confuses. Vous ne songez tout de même pas à ce que je lui propose les espérances d'épousailles ?

— Qui vous parle de ces choses ? me dit bien fort l'abbé en me tenant la main. Ce qui reste préférable, c'est que vous vous comportiez en galant homme courtois, un peu à la manière de notre ami Mortcerf lorsqu'il a éduqué la gente et jeune Mathilde. Ce qu'il a réussi, vous êtes à même de l'imiter.

Il ajouta :

— Je vous livre son corps. Enfin, je vous l'ordonne : que vous me la brisiez, que vous la modeliez pour un usage satisfaisant avant de me la livrer, consentante, demanderesse.

— Mais, Monseigneur ! C'est votre nièce !

— Il ne faut, en nul cas, vous retrouver bridé par quelque apparence d'interdit, d'autant que le Livre nous enseigne que les émois charnels ont comme disposition – là d'abord, et en tout premier lieu – de sereinement se pacifier au sein de la famille. Je vous rappellerai les filles de Loth, et même songez aux fils d'Adam qui engrossèrent leur mère. En ce temps-là – le saviez-vous ? –, les autres femmes n'étaient pas nées.

Ainsi fut dit. Il fut même décidé d'aller porter une lettre au comte et à la comtesse afin qu'ils nous rejoignent en notre villégiature, dans quelques jours et à leur gré. Or, là, je demandai, et je l'obtins sans peine, que notre ardente Mathilde fasse partie du voyage.

***

Le premier jour où je fus présenté, l'abbé Lieven fut très aimable. Il vanta longuement mes savoirs de voyages, comment j'avais passé l'essentiel de ma jeunesse à porter la parole jusqu'au cœur de tribus sauvages, dans les provinces de l'Amérique.

Ces mots firent leur effet. La sœur de mon mentor ne voulut pas être en reste. Elle parut même séduite, abandonnant un temps la morgue de son visage, glissant sur mon sourire et mes yeux pétillants, me posant les questions que son frère attendait. Enfin, elle commenta :

— Il y a dans ces contrées, m'a-t-on décrit jadis, nombre de pratiques étranges propres à choquer nos mœurs. Ainsi peut-on citer les procédés curieux qu'emploient nombre de femmes pour se faire désirer d'un galant exalté.

— Certes, approuvai-je avec enthousiasme, il reste discutable que ce puisse être les femmes – et elles, et uniquement – qui prennent l'initiative. Cependant, je vous assure que, dans ces pays d'Amérique, ces mêmes choses se développent selon des règles précises, solidement éprouvées et qui ne choquent aucune morale.

— Ah ? s'exclama la chevalière (car c'était de ce titre pleinement honorable que la parente de notre abbé aimait à se prévaloir). Combien ces peuplades sont heureuses !

J'en fus émoustillé. Qu'une femme aussi fière, et si gourmée que la chevalière, avoue sa préférence pour le rôle d'aiguillon, n'était pas si commun, du moins en ce qui me concernait. Jamais, et aucune fois au cours de mes périples, je n'avais eu affaire à une dominatrice, ce que la chevalière semblait être, quelquefois.

— Dites-moi, comment font-elles ? poursuivit notre hôtesse avec le même élan.

— Eh bien, lui répondis-je tout en faisant en sorte ne pas me fourvoyer dans un trop gros mensonge, elles accrochent la main de l'homme, et elles lui baisent le bout des doigts pour se les appliquer le long de leur poitrine.

— Or… c'est tout ?

La chevalière parut déçue. Je m'en rendis bien compte. Il allait me falloir que j'invente davantage, que je rende attractives ces choses imaginées, car cette femme – notre hôtesse – était de caractère, qu'elle trouvait son bien-être, l'issue de ses plaisirs, à soumettre les hommes. En aimable hypocrite, j'allai dans ses coulées :

— Les hommes, de ce fait distingués, s'isolent avec leur belle. Ils se jettent à genoux et leur embrassent les pieds, en situation d'obéir, avides de satisfaire les ordres de leur maîtresse, et même si ces derniers se dévoilent des plus troubles, ou pire : avilissants.

— Ce peuple est libertin.

— On pourrait le penser. Mais ces femmes mulâtresses se montrent à nous nimbées d'une subtile auréole. Leur sourire nous cajole. On les devine comblées, dans leur corps, dans leur tête.

Au terme de mes mots, la chevalière se releva. Elle eut d'un rien le geste de nous ouvrir sa gorge et d'abaisser son décolleté. J'avais peut-être gagné. Sa décision ne surprit personne :

— Mon frère, occupez-vous de notre jeune Hortense, et faites-lui visiter les fonds de l'oliveraie. Moi, je m'en vais montrer à notre aimable ami les beautés de cette serre où je passe mes journées.

Elle me saisit la main, et puis elle m'entraîna.

— Jouons, fit-elle doucement lorsque nous disparûmes hors de portée des yeux.

Mais, au fond de son regard, il ne semblait se révéler un certain amusement, d'autant que les lèvres de la chevalière se rassemblaient, crispées. Ses mains évitaient de trembler. Dès cet instant, je sus qu'elle allait me dévorer, m'encorder dans ses rets, presser ma chair, me pilonner.

Au tout début, elle me baisa sur l'extrémité des phalanges :

— Comme ceci ?

— C'est parfait. Maintenant, imaginons que je puisse éveiller un peu d'amour en vous. Il conviendrait que ma main soit désormais plaquée, et ici tout ouverte, au niveau de votre cœur.

— C'est fait, mon jeune ami.

— Excellent, oui, vraiment. Je suis votre prisonnier, avec mon corps soumis à votre volonté, devenu attentif afin de satisfaire le moindre de vos désirs.

La chevalière se rengorgea, arrivée à ses fins. Elle se préparait pour des jeux plaisants pour la morale, en dirigeant vers moi une offensive puissante qui allait mettre à mal les usages propres au monde. Sa voix en devint rauque. Moi, je me retenais, mais avec un grand mal, d'autant qu'un afflux de sang bouillonnait en mon ventre.

Sans que je fusse consterné, elle brisa les barrières. Elle me tint embrassé. Elle me serra et me pinça, puis elle glissa une main pour me prendre tout entier sur le long de mes cuisses. Satisfaite, elle se détendit, avec ce qu'elle pêcha.

— Êtes-vous prêt à subir les plus infâmes supplices qu'une femme sait inventer pour s'arroger le corps d'un homme ? Ou est-ce que ces sauvages ont encore bien de choses à vous apprendre, céans ? Le jeu se poursuit-il, mon cher ami vaillant ?

— Mais certainement, madame. Oui, comme il vous plaira, répondis-je hâtivement avec le souffle court tout en facilitant cette caresse de la main qui me prenait hardiment sur les entiers de ma longueur. Je me mets à vos ordres, et les tourments d'amour qu'il vous plaira d'imaginer, les plus accommodants tout comme les plus cruels, resteront exquis dans ma mémoire.

Elle oscillait doucement dans ses mouvements de va-et-vient. Elle me faisait abandonner mes paravents de décence. Ma ceinture me serrait. Alors, elle me l'ôta pour baisser mes culottes, enfin de dégager l'objet de ses désirs. J'étais décalotté, exhibant noblement le savoureux d'une turgescence.

— Monsieur, vint m'assurer la chevalière, vous jouez de courtoisie afin que je m'éduque dans les sinuosités de ces savoirs lointains. Mais dites-moi, à présent que nous cheminons de concert, comment ces femmes réussissent-elles à ennoblir l'émoi, comment font-elles pour s'orienter jusqu'à l'apogée de leurs sens ?

Sans me jeter d'autres regards, elle poursuivait son branlotage. Elle ne s'affermissait qu'en extrémité de sa course, tandis que je lui répondais avec la gorge nouée :

— Elles imposent au galant des caresses fort précises, que celui-là soit forcé en usant de sa langue jusqu'à en être fripé, et enfin qu'il consomme avec ses attributs.

— Ainsi, c'est comme chez nous ?

— À un détail seulement, mais qui est d'importance : les femmes de ce pays ne se contentent pas de subir. Elles se veulent conquérantes. Elles décident de chaque geste, des cadences et des choix. Elles imposent que les hommes demeurent à leurs genoux. Elles restent maîtresses, en tout.

— Quel beau programme, monsieur ! Et combien j'aimerais me fondre dans ce moule, me diriger en reine !

— Seriez-vous empêchée ? Enfin, vous me voyez là, guettant le moindre de vos désirs. Je me suis enchaîné aux ordres de votre frère.

Dès lors, nous approchions, au cours de notre échange, d'un endroit périlleux où les mots par eux-mêmes ne pouvaient plus compter. Nul besoin de fariboles, ni autrement de fumées. Cette femme, cette chevalière, avait trouvé en moi ce qui la confortait.

De posséder un homme. Qu'elle soit l'initiatrice de ses propres plaisirs.

Je lui semblais, cette fois, d'une jeunesse exemplaire, sans me montrer fâcheux. Déjà, elle venait de m'ôter mes chausses et puis mes bas, si bien que je m'exhibais avec le ventre nu, relevant mon gilet afin qu'elle puisse me voir, désormais tout entier, mon fessier arrondi, mon fondement accueillant, et mon sceptre dressé qui quêtait ses caresses.

— Je suis à vous, madame, me plus-je à affirmer.

La chevalière sourit. Elle avança une main pour me flatter les bourses, usant de cette pratique qu'on rencontre d'habitude lorsqu'on veut soulager un animal rétif. J'eus un sursaut violent, ce qui me fit acquérir une dimension supplémentaire, une toute nouvelle distension.

— Vous n'allez, certes pas, vous répandre en mes doigts ! se récria la chevalière. Cela, je vous l'interdis, d'autant que votre travail est loin d'être terminé. Il vous reste... oh, ceci !

Elle me montra sa gorge et le moyen de la délacer. Je fus assez adroit si bien qu'elle me remercia d'un soupir libéré. Je mis au jour des seins qu'un corset trop serré marquait jusqu'à l'étouffement. Tous deux se retrouvaient d'une excellente grosseur. Ils se sustentaient en gaillardise, leurs tétins érigés.

Je terminai mon œuvre par un bel acte de soumission, me mettant à genoux tout en faisant glisser la robe de la chevalière, et puis la lui roulant jusqu'autour de ses hanches. Mais mon hôtesse ne m'aidait pas. Elle restait droite et fière, reculant le moment où, en usant d'un plaisir assez chaudement intime, elle allait se montrer nue.

L'ultime de ses jupons fut mon dernier obstacle. Je découvris une peau d'une blancheur extrême, parsemée de rousseurs, et un mont frémissant dans sa forêt bouclée. C'était un parterre irisé, attiédi et humide.

Le signe que je guettais me fut enfin donné. Il n'y eut pas d'équivoque. La chevalière prit la posture. Restée debout, elle s'écarta afin de faciliter la pénétration de ma langue, si bien que, les yeux baissés, je me mis à l'ouvrage, guettant cette avancée que mes caresses aimables allaient se mettre à décupler. Malgré ma soumission, malgré mon choix d'être livré comme un esclave docile aux pieds de sa maîtresse, j'entrepris d'être conquérant.

Personne ne s'y trompa, et la chevalière moins que quiconque ! Elle me maintenait la nuque. Elle me plaquait fermement au-devant de son ventre. Ses sursauts, ses frissons m'accordèrent le bonheur de quelques souffles volés.

Dans le même mouvement, aussi multipliant l'envolée de mes caresses, je me cambrai jusqu'au plus loin afin que la vision de mes rotondités lui soit comme complément à ses propres sursauts. Elle gémit plusieurs fois et, à chaque pâmoison, je sentis sous mes lèvres l'exhalation d'un liquide chaud.

Pourtant, et sans désemparer, elle me dirigeait de ses deux mains plaquées de part et d'autre, logeant mes lèvres à gauche, puis à droite, sur le dessus, cela afin que j'honore le fier bouton de ses secrets, lequel s'était si fort gonflé qu'il aurait pu passer pour un sceptre de garçon.

— Ah, monsieur, vous me comblez ! finit-elle de lâcher dans un souffle écourté. On ne pourrait pas croire, mais certaines habitudes que pratiquent les Indiens me semblent éminemment propices à apaiser ce feu qui consume certaines femmes.

« À mon tour, s'il vous plaît.

Elle semblait émerger depuis un autre monde. Quand même, je l'avais tant usée que ses forces rendaient grâce sans d'autres curiosités, et sans même m'accorder un reste de charité. En finissant de suçoter, aliéné, accroupi aux pieds de ma maîtresse, je m'étais racorni, reléguant ma vigueur. Mais là, très vite, je dus me redresser, d'autant que la chevalière m'entourait de sa main. Son geste fut délicieux, du prépuce jusqu'aux bourses. Ce fut pour me secouer comme on gaule un noyer.

Et là...

Elle sut me magnifier, si bien que je ne tardai guère à retrouver ma mine. Usant de précautions, avec des gestes de langueur, ma fière initiatrice se mit sur les genoux, ramenant dessous elle l'excès de ses jupons comme un matelas douillet, et alors...

Alors elle avança sa bouche, et puis elle me goba !

Sa langue, par le dessous, cavalcadait en douceur, à la fois souple et ferme. Elle me décalotta. Elle fit saillir mon gland sans même que j'en éprouve la plus infime douleur. Ce ne fut que du plaisir, qu'une chevauchée effrénée qui prit son plein essor au niveau de mes reins pour ensuite se répandre dans le creux de mon ventre, sublimant mon brandon, lequel en crépita pour se relâcher d'un coup en une longue giclée, en une puissance interminable.

La bouche de la chevalière se gonfla pour bien faire et puis, se laissant attirer par un charmant repli, elle prit plaisir à accepter l'absolu de mon offrande. Elle l'ingéra sans déplaisir, avec sollicitude. Enfin elle se frotta avec délices les lèvres avant de m'avouer, un tantinet confuse :

— Monsieur, oh, monsieur...

Ce fut tout.

Sans trop nous regarder, nous nous rhabillâmes, l'un et l'autre. Notre parenthèse indiscrète se trouvait refermée. La chevalière ne fit pas d'autre effort. Jamais elle ne sollicita mon bras. Elle avait retrouvé sa fierté absolue, l'étendue de sa morgue. Je n'étais plus qu'un valet voué à son service. Elle me le fit sentir.

***

Nous retrouvâmes l'abbé et puis la jeune Hortense, peut-être en attitude quelque peu singulière, avec le visage empourpré, et aussi les mains moites. Personne ne commenta. Il n'y eut que notre curé pour s'enquérir de nous. Il se prit la fantaisie d'interroger sa sœur :

— Eh bien, ma bonne amie, que pouvez-vous penser de mon gentil filleul ? N'est-ce point qu'il est savant, qu'il sait mettre en pratique les développements subtils de notre belle philosophie ?

— J'en suis vaguement satisfaite, lui répondit la chevalière sans pour autant me regarder. Il agrémente plusieurs manières tout en ayant la courtoisie de parfois m'étonner, enfin de disserter sur plusieurs points troublants.

— Vous m'en voyez ravi. Mais puis-je vous demander sur quels principes savants la quintessence de cet enseignement a-t-elle pu se révéler ?

— Mon frère !

L'abbé se récria :

— Je n'ai mis dans mes mots aucune mauvaise curiosité. Toutefois, il me convient que je puisse me rendre compte si notre Gabriel s'avère aussi précieux que sa réputation nous le laisse présager.

— Cette fois, c'est différent, admit la chevalière. Si c'est un effet de service... oui, mais, devant ma fille...

— Elle est dans le bon âge, lui répliqua Lieven. Du haut de ses dix-huit ans, elle ne peut ignorer les différences subtiles qui partagent en ce monde son sexe de celui des hommes. Aussi, je vous l'affirme : il devient nécessaire que nous l'éclaircissions.

— Je n'oserai...

— Votre devoir et notre qualité imposent de lui répandre les meilleurs des préceptes, avec délicatesse, élégance et doigté. Qu'aucune gaucherie ne s'y présente, et jusqu'au sacrifice que nous ferons de son hymen. Ainsi, et lorsqu'un étranger s'en viendra folâtrer dessous ses jupons neufs, elle possédera quantité d'armes pour l'accueillir au mieux, instruite au demeurant par l'entremise de sa famille.

— Fort bien, dut accepter la chevalière. Je me rends à vos raisons, puisque vous-même – mon frère ! – savez être savant au sujet des obstacles qui s'apparentent au cœur. Ainsi, et avec ce garçon (ce fut la première fois depuis nos incartades qu'elle me regardait en face), nous avons disserté sur les mœurs étrangères que pratiquent certains peuples isolés dans leurs îles, et comment ces sauvages entretiennent la coutume d'abandonner aux femmes les plus viriles de leurs prérogatives. Un trait des plus curieux, je le pense, en vérité.

Ici, il y eut Hortense, notre toute jeune pucelle, pour ouvrir de grands yeux, aussi pour commenter, se fronçant les sourcils :

— Il se peut qu'il se glisse une émotion exquise, plus délicieuse que d'ordinaire, dans ces usages lointains propres aux îles délaissées. Toutefois, sachez – ma mère, aussi mon oncle – que je n'ai pas cette expérience. Néanmoins que je l'admire, comme j'y aspire… avec envie.

— Mademoiselle ma fille, vous êtes d'une impudeur ! À votre âge… parler librement de ces choses ! Tenez, Hortense, vous me faites rougir !

— Calmez-vous, ma chère sœur, la modéra l'abbé. Reprenez vos esprits. Il importe à présent que notre chère enfant, préparée comme elle l'est pour ces choses de l'esprit dont nous nous entretenons, passe à d'autres enseignements, et qu'elle use du savant des pratiques amoureuses. Notre aimable Gabriel doit approcher de son âge…

— Mais vous n'y pensez pas ! Ce valet importun ne déflorera pas Hortense !

Tandis que là, sa fille – désormais passionnée – se mettait à réagir :

— Oh maman, oh madame, que vous êtes aujourd'hui cruelle envers moi ! Sachez que je vous ai vue à travers les charmilles. Vous étiez nue et belle, offrant les atours de vos cuisses, et vous vous êtes donnée à ce gentil garçon pour ensuite le saisir et vous le mettre en bouche. Alors que maintenant, et vis-à-vis de moi, vous n'en finissez plus de vous arc-bouter tout en vous confortant dans vos interdictions ! Oh ma mère adorée, que vous êtes bien méchante !

La chevalière se raidit. Elle fit un pas de côté, contemplant – interdite – son frère et puis sa fille, enfin... moi-même. Elle rougit jusqu'aux seins et ne sut que balbutier :

— Vous auriez... mais enfin, ce ne peut. Ainsi vous m'auriez vue, m'offrant en nudité ?

— Mais bien sûr, chère maman. Il n'y a aucune honte. Vous sembliez heureuse de vous laisser besogner, oui... suçoter par ce garçon, et tant que je crois voir où se niche le bon sens. Car, pour moi, à présent, les portes que vous m'ouvrez ne se refermeront plus. Mon envie devient grande.

— Ainsi la messe est dite, coupa d'un coup l'abbé. Du fait que nous sommes d'accord, Gabriel, s'il vous plaît, mettez-vous en question et honorez cette vierge, ici même, sur-le-champ, tandis que sa mère et moi lui servirons de chaperons, ceci pour rectifier l'esprit de plusieurs attitudes qui pourraient s'avérer finement inconvenantes, ou relever des soupirs aux exigences mal entretenues.

Ainsi...

Il saisit sa nièce par la main, et puis il l'allongea sur le moelleux d'un divan bas. Hortense lui souriait, avec ce petit rien qui se remarque parfois chez les vierges consentantes en passe d'être immolées. Ce fut l'abbé lui-même qui désagrafa le corset dont il dénoua les cordons.

De ses mains délicates, il découvrit des seins assurément petits, mais certes intéressants, mais qui n'avaient jamais connu autant de regards mâles. Les globes en palpitèrent. Ils se mettaient à apparaître sublimés d'auréoles, les tétins taquinés sous un émoi envahissant. Ces jeunes rotondités se gonflaient en plaisir pour laisser entrevoir toute une géographie de veines entrecroisées.

— Oh, ma mère, s'il vous plaît, sollicita Hortense, je serais bien heureuse si c'était vous qui poursuiviez le délicat métier de mon déshabillage ! Ainsi, j'aurais moins peur, tout en me renforçant avec le sentiment que votre permission m'est tout accordée, entière et bienveillante, pour que je m'accomplisse ainsi que les autres femmes.

— Hortense, lui répondit la chevalière passablement troublée, c'est un moment précieux qui m'arrache bien des larmes. Or, d'un côté, je vous envie, car vous allez vous révéler à de multiples plaisirs. Mais, pour bien commencer, il importe avant tout de vous montrer entièrement nue, délaissant votre pudeur, afin de nous offrir la volupté de vos formes, la candeur de vos émois et votre mousse secrète.

— Faites donc, oh, madame ! Je me remets à vous.

Hortense en écarta des bras qu'elle maintenait croisés au contact de sa gorge, puis elle les fit se rejoindre par-derrière son chignon. Son sourire fut crispé tandis que sa poitrine saillait en conquérante. Dans le même temps, l'abbé accrochait son regard sur cette excellente plénitude, tandis que – l'un et l'autre, tous incapables de nous mouvoir – nous nous sentîmes fébriles, assurément tendus.

La chevalière dut s'empresser. Elle se mit à dégrafer les ultimes atours de sa fille. Elle la libéra à la taille, et elle lui fit glisser sa robe et ses jupons du ventre à ses genoux, de ses genoux à ses chevilles. Hortense était coquine : elle portait une culotte dont la fente s'entrouvrait, libérant son pubis et puis son fondement. Enfin, pour le moment, elle serrait bien les cuisses.

Sa mère lui déboucla son dernier cordonnet. La chevalière se révélait d'une extrême habileté. La motte de sa pucelle fut la première à être montrée. D'une blondeur cendrée, cette toison élégante s'offrit à nos regards.

— Il était plus que temps que nous nous occupions de notre jeune ingénue, constata le prélat. Ce n'est plus une enfant, avec ce qu'il apparaît de cette forêt exquise.

Hortense eut le réflexe de se cacher le ventre, d'ôter loin de notre vue le secret de son blason. *Une toquade de pucelle*, me dis-je sans déplaisir. Mais ici donc la fermeté de sa mère fut des plus suffisante pour que vienne y régner un ordre plus conséquent.

Aussi...

Le front plissé par ses efforts, la chevalière commença par se saisir des poignets enfantins qu'elle repoussa avec vigueur jusque derrière la tête de notre aimable Hortense. Ensuite, ce fut pour entrouvrir le secret de deux cuisses, pour y loger son doigt et pour appréhender un passage à venir.

— Elle est à vous, monsieur, m'engagea-t-elle à ce moment. Faites-en un bon usage, mais en délicatesse, car les entrailles de nos jeunes filles se révèlent bien plus tendres que les ors des matrones.

Là, je lui répondis, ceci sans anxiété :

— N'ayez nulle crainte, madame : je saurai me dominer. En sus, votre présence donnera l'assurance que mes gestes d'émoi ne franchiront jamais les limites de décence tout comme les portes étroites des douleurs enfantines.

La chevalière acquiesça. Même qu'elle hocha la tête. Alors, je m'entrepris. Là de me mettre entièrement nu ne fut qu'un tour de main. Je n'avais nulle pudeur du fait que notre abbé – ainsi que la fière chevalière – m'avait chacun d'eux contemplé, et caressé au ventre jusqu'à mes éclatements.

Rameutant ma douceur, usant de légèreté, je pris place par-dessus la jeune pucelle offerte. Celle-là baissa les yeux. C'était, je le devinai, pour nous dissimuler quelque lueur friponne. Elle se saisit de mon vit qui ne savait encore vers quel chemin se diriger.

Elle m'enroula de ses menottes et, par ses mouvements que je sentais timides, elle entreprit de me baratter, en cela usant d'une grande finesse, me secouant avec émoi.

— Cessez, mademoiselle, s'il vous plaît pour ce moment, fus-je obligé de supplier.

— N'est-ce point, ici à votre bénéfice, une noble et douce caresse ? Ne suis-je point bonne élève dans mes mouvements de mains ?

On sentait poindre un vrai regret dans la remarque d'Hortense. Il me fallut la détromper :

— Ce n'est pas ça. Votre ampleur trop pressante me fait trop vivement galoper vers un puits dont je ne saurai m'extraire avant que mon honneur ne vous ait pénétrée. Vous allez vous priver, si bien que ce serait trop triste si quelqu'un d'autre que moi s'empressait tout de go à s'engager plus avant, enfin de s'abîmer à la manière d'un rustre dans votre déniaisement.

— Oh, monsieur, guidez-moi, me souffla à l'oreille la voix flûtée de la pucelle tout en m'abandonnant et relâchant ses doigts.

Cette fois, ses mains tout enfiévrées se saisirent de mes bourses tandis que je me sustentais, dans une grande élégance, en face les yeux d'Hortense. Cette fois, je titillais l'entrée et, de l'extrémité de mon membre expressément tendu, je me mis à caresser le bouton qui s'offrait. Ce dernier m'apparut d'une conséquente grosseur, en cela comparable avec celui que sa mère décida de me proposer, au cours de l'heure passée.

Était-ce la conséquence de manipulations, nombreuses autant que nocturnes ? Toutefois, je n'étais guère pressé, d'autant que je me promettais d'entrer sans nulle hésitation. Fallait-il que je me retienne ?

En relevant la tête, je vis que la chevalière s'était mise à plat dos, troussée jusqu'à la taille et les jambes relevées, goûtant la chaleur de plaisirs que son cher frère attentionné était en train de lui prodiguer. Leur fougue devenait païenne.

Ce spectacle imprévu m'accorda dans le ventre une vigueur insoupçonnée. Je me redressai davantage au grand émerveillement de ma précieuse cavale qui en sécha ses larmes et puis qui m'empoigna de deux paumes décidées afin que je me décide à m'introduire dedans son sanctuaire humide.

Ce fut un franc succès, dans la mesure où la gentille Hortense faisait tout ce qu'il fallait pour me conduire au mieux. L'excès de ses sentiments se prolongea longtemps, et ils eurent comme effet d'annihiler la douleur du déchirement secret, tout en venant le transformer en un champ de délices.

Je me permis alors de pousser devant moi le plus saillant de mes avantages, celui que la nature accorde à nombre d'hommes bien mis lorsqu'ils chevauchent et caracolent.

Hortense me répondit, mais non avec des mots. Ce fut en libérant des excès de sécrétions qui se révélèrent si abondantes qu'elles me trempèrent les bourses. Une fois, deux fois encore, et puis – n'en doutons pas ! – une troisième ! Mon œuvre se dessinait. Il ne me restait plus qu'à conclure. Ce que je fis sans me retenir. Mes reins se libérèrent, répandant mon nectar.

— Ami ! gémit la demoiselle au moment même où elle me reçut… écartée infiniment plus que jamais elle ne l'avait été de toute son existence… avec ses cuisses tendues et puis ses jambes nouées pour, à toutes fins, essayer de me retenir.

De fuir, je n'en avais certainement pas envie. Mais quand même, néanmoins, je finis par me libérer. Ainsi donc, de ce fait, ma jeune cavale sombra, tandis qu'en guise de récompense sa chevalière de mère me présentait l'un de ses tétons afin que je le suçote, tandis que son frère l'abbé s'intéressait à mon fondement, celui que je lui offrais complaisamment, du fait de mon émoi, enfin… en naïveté. Il n'y eut aucune peine. Il me socratisa.

Ce double contentement fut qu'une quatrième fois je libérai un jet toujours aussi puissant. Seulement, en attendant, je m'étais dégagé. Je n'étais plus dans Hortense. Ce fut donc sur son ventre que mon hommage se répandit.

— Oh, combien de richesse si naïvement gâchée ! nous commenta la chevalière. Ma fille, que cette leçon vous serve à l'avenir : que jamais on ne se retire avant que l'homme crie grâce.

***

Nos récentes libations, étroitement familiales, avaient eu lieu le matin, si bien qu'il nous fallut attendre le crépuscule pour que se présentent à nous le comte et la comtesse, et sans compter Mathilde qui était de la fête.

De voir autant de monde occuper sa maison affola presque Hortense. Elle ne s'en cacha pas, pour l'heure vraiment émue :

— Faudra-t-il que je me livre à l'appétit de ces gens ? Que je m'écarte les cuisses pour me plier à leurs désirs au cours de libations pour le moins contraignantes ?

— N'ayez nulle crainte, ma douce, lui répondis-je en souriant. Je resterai près de vous afin de vous seconder et de vous insuffler le meilleur des courages. Et puis, rassurez-vous : le comte et la comtesse cultivent une belle noblesse et, en aucune façon, ils ne se permettront de formuler – ceci, auprès de vous – des aspirations excessives, de celles qui se risqueraient à vous porter le mal.

— Mais la présence du comte ! Que va-t-il se passer lorsqu'un acteur grivois entreprendra, sur l'heure, de désirer sa femme ? Lorsque la nature exigera ? Il y prendra sûrement ombrage de la voir pénétrée, gougnottée et sucée par un autre que lui-même.

Ma réponse fut polie. Je m'esquivai du piège tout en posant d'autres questions :

— Et que doit-on penser d'une mère qui a souhaité que son propre lignage, dans son âge le plus tendre, goûte aux plaisirs courtois des caresses appuyées jusqu'à l'introduction, dans son ventre nouveau, de ces cierges arborés par l'intempérance des garçons ?

Hortense me fit la moue, loin d'être convaincue. Mais comme elle se devait d'être éduquée dans une grande courtoisie, qu'elle soit obéissante, elle se laissa entraîner par la main résolue de son oncle décidé qui la mena au-devant de nous et qui lui fit saluer le comte de Mortcerf :

— J'aime à vous présenter la plus jeune de mes nièces. Ce matin même, elle a subi sa prime défloraison que vient de lui pratiquer, avec art, Gabriel. De plus, je vous le garantis, elle est disciplinée, acceptant par avance les moindres des désirs exprimés par ses maîtres. Hortense saura se comporter avec le meilleur des esprits.

— L'attrait de la fraîcheur ne peut que nous réserver des trésors délicieux, lui répondit le comte, d'autant que je devine – ici – une rougeur se glissant. Elle déborde vers une gorge que je vois prometteuse, pour inonder une encolure qui gagnerait beaucoup à être dévoilée.

Hortense baissa la tête en s'accordant, cette fois, une attitude soumise. Ensuite, assez mutine, elle se pencha en avant afin de se révéler, ce qui lui libéra ses auréoles et ses tétins.

— Nous en userons, soyez certain, finit de commenter Lieven, car nous avons l'idée d'élargir l'ancien cercle initié plaisamment en votre propre logis.

— Je n'osais vous le proposer, reprit la comtesse. Mais pouvons-nous être certains que la discrétion sera de mise ? Que quelque domestique, imprudemment fâcheux, ne viendra pas nous embrouiller, et avancer sa tête curieuse ?

— Aucune crainte de cette sorte, dut apaiser la chevalière, usant d'un ton sans complaisance. Mes ordres restent sévères. Et gare à l'imprudent qui, par sa faiblesse de vue, viendrait s'y opposer. Je suis crainte, par ici.

— Donc, alors commençons, proposa la comtesse. Il importe tout d'abord que nous nous présentions dans une tenue commode, celle gentiment prônée par les nymphes et les dieux qui s'en vont copuler, une allure que l'on a de cesse d'admirer en émoi sur les tableaux des maîtres.

Elle usa de courage et nous montra l'exemple. En un instant, elle se retrouva en corset, et puis, la main légère, elle se découvrit les deux seins.

La chevalière en eut les yeux remplis de convoitise. Elle s'approcha. Elle embrassa le cou, les bras, de son excellente invitée qui lui rendit, incontinent, la pareille. Les deux femmes, l'une et l'autre, s'aidèrent mutuellement en se déshabillant et en multipliant baisers et attouchements sur les hanches, ainsi qu'entre les cuisses. Devant nous, elles furent nues. Aussitôt, la comtesse eut son premier débordement.

Son mari et l'abbé ne s'étaient pas fait aider, là de même que moi-même. En main, nous brandissions, pour notre plus grande gloire, des sceptres de bonne allure qui nous battaient le ventre et qui remontaient hardiment au plus haut. Nous flattions notre honneur avec une succession de très légères caresses. Avec grande complaisance, nos ors se déployèrent. Ils découvrirent leur chef.

Hortense et puis Mathilde furent davantage pudiques. C'était encore récent le moment privilégié où elles avaient goûté, enfin en une prime fois, le délire de leurs sens. Enfin, ici, ce fut Mathilde qui se déclara à nous comme la plus audacieuse. En outre, c'était la seule des deux à s'être déjà livrée à certaines privautés initiées par nous-mêmes, à connaître tous les hommes.

***

Une médecine qui, sans nul doute, réussissait à notre jeune amie dont les hanches se courbaient en balancements d'amphores et dont la poitrine se gonflait.

Ses doigts s'étaient déliés, et de si belle façon qu'ils répandaient la grâce. En sus, sa folle dextérité se révéla, tout autant, prodigieuse.

***

Ainsi Mathilde entreprit-elle de déshabiller sa compagne. Mais, dans un préalable, tranquillisant Hortense, elle décida d'elle-même de montrer le chemin. Pour cela, elle se retrouva dans cette grande liberté qu'on a longtemps prêtée, dans le jardin d'Éden, à Ève, la toute première.

— Très chère, lui susurra Hortense en avançant une main qui s'en vint effleurer la touffe de sa compagne, oh oui, oh certainement ! Je me dois d'être comme vous.

Déjà, il y eut un cordon propre à être dénoué, et des seins frétillants mis prestement au jour, comme des hanches découvertes, des jupons enjambés. Pour ce soir, pour notre fête, la jeune Hortense ne portait pas de culotte, ce qui nous évita un tout dernier obstacle.

— Ma fille, cette fois, montrez-vous nue, au moins pour que ces messieurs, au moins pour que ces dames, soient rassurés en plein, que vous ne cachiez point une mauvaise difformité, enfin que votre éducation s'approfondisse au mieux, qu'en tout point vous viendrez agrémenter chacun.

— Madame, je vous obéis.

Et Hortense de marcher à pas précautionneux, de s'exhiber avec bonheur sur chacune de ses faces, de tourner sur elle-même, de nous faire apprécier les trésors mis à nu de son intimité, l'ombré doux de son ventre, la fraîcheur amorcée d'une toison nouvelle, la fermeté d'un fondement non encore assouvi, la grâce impertinente de seins accrochés hauts dont les tétins saillaient avec une dureté sauvage.

Ainsi se retrouva-t-elle à effleurer son oncle, lequel lui mit en main la longueur oscillante de son objet de lutte avec tellement de fougue que la pauvrette jeta, en direction de sa mère, un regard éperdu.

Mais cette dernière – la chevalière – n'en avait rien à faire, d'autant qu'elle se trouvait entraînée vers son lit par le fervent enthousiasme d'un comte surexcité qui la coucha plein dos, et qui lui fit glisser ses jupons en paquets.

L'abbé en terminait de s'unir à sa nièce, cette dernière à genoux, et lui sur son derrière. Malgré l'intensité de ses propres émois, l'oncle fut – il le resta – un initiateur averti. Il savait la fille neuve et bien peu développée, encore en devenir malgré le tout récent de mes introductions. Lievin s'était muni d'un onguent qui graissait, si bien que lorsqu'il pénétra la toute divine Hortense, ce fut avec doigté, sans excès d'aucune sorte. Il attendit que sa filleule s'imprègne doucement de lui, de toutes ses dimensions, avant de s'enfoncer par petits coups affectueux lesquels savaient la bonne manière afin de refouler les tout derniers obstacles.

J'étais le plus jeune, et le bon dernier. Il me restait deux femmes : la comtesse et Mathilde. Je me devais de les satisfaire. Néanmoins, se rendant compte de mon indécision, elles continuèrent de s'enivrer, avec l'une se partageant l'autre, goûtant à profusion certains plaisirs saphiques qui n'en finissaient plus de venir les agacer. Elles s'allongèrent tête-bêche, de la manière la plus commode afin de se gougnotter et pour se procurer – dans l'occasion d'un parallèle charmant – un déferlement de sensations que même le plus mordant des mâles n'aurait l'outrecuidance de leur offrir de cette manière.

Nous en étions donc là et j'étais resté seul lorsque je me sentis entouré, pressé et pénétré, saisi aux bourses et titillé.

Les deux filles, rapidement, s'étaient satisfaites par elles-mêmes. Elles s'étaient pourléché des coulures de leur suc amplement répandu sur leurs lèvres enfiévrées. Elles avaient cascadé sous une déferlante et, à présent, elles réclamaient – de tout leur corps, de tous leurs sens – l'âpreté vigoureuse d'un étalon en rut. Ainsi, elles m'avaient retrouvé.

Elles mirent à leur profit une grosse envie de me dominer. Sans rompre le contact, elles me tirèrent vers un sofa tout en me caressant et en gonflant de leurs mains l'espérance de mes chairs.

Je fus forcé de m'allonger du même coup où Mathilde, plongeant à deux genoux entre mes cuisses ouvertes, s'empressait de substituer l'enrobage de ses doigts, lui préférant le nid de sa bouche adoucie. Elle absorba ma hampe. Je m'écartai, en pleine passion. Quand même, elle m'effleurait toujours avec des lèvres chaudes tandis que ses regards, si empreints de candeur, finissaient de me troubler en me forçant à me répandre dans un déferlement aux jaillissements glorieux.

La comtesse, derrière moi, ne se trouvait pas en reste. Elle s'accroupit sur mon visage, après qu'elle m'eut relevé, avec douceur, la nuque en l'appuyant sur un coussin. J'eus ma langue sur sa grotte que sa position ramassée ouvrait avec commodité. De ses doigts, elle lissa sa toison luxuriante, et elle la partagea afin de dégager le pourtour de ses lèvres, afin que moi-même et ma langue fussions disposés au mieux, que je puisse me répandre en un boisseau de lécheries.

Je dus faire preuve d'obéissance. Mais – Dieu ! – que ce renoncement me semblait des plus doux ! Ma langue se décuplait, rendant à la comtesse les relevés et les glissements que Mathilde me prodiguait, agenouillée entre mes cuisses.

La première de mes héroïnes bénéficia alors, comme si ç'avait été une sorte de remboursement, des présents que la seconde se complaisait à m'accorder, et de si belle façon que la comtesse finit par estimer que mes introductions, ainsi que le léchage de son bouton précieux, risquaient de la faire déborder, enfin d'outrepasser les démarcations de sa réserve. Elle sursauta et elle frémit en se laissant tomber, puis elle se reprit, en balbutiant :

— Mon ami, quelle étape, et quel bon besogneur pour m'avoir gougnottée jusqu'à ce que je défaille ! Mon enfant, il importe – et, en cette occasion, elle s'adressait directement à Mathilde – qu'en aucune des manières vous ne rompiez la cadence. Donnez à ce garçon toute la satisfaction que votre bouche enveloppante sera à même de lui accorder. Avalez-le jusqu'à la glotte, et puis repoussez-le avec dextérité, en vous le conservant au dedans vos lèvres comme s'il se fut agi d'une friandise sucrée.

Bien sûr, Mathilde ne put répondre, suçant ainsi qu'elle pouvait l'être avec sa langue très occupée. Néanmoins, ici, elle obéit aux injonctions de la comtesse tandis que cette dernière, dans de nouveaux transports, restait toujours ouverte. Elle offrait à mes yeux pleinement émerveillés les fondements de son intimité, frémissante de plaisir autant que quémandeuse.

Ce ne fut pas très long, car la belle accroupie franchissait ses sommets. Moi de même, ici donc, je sentis le plaisir gagner toute mon essence. Je me durcis au plus haut point, puis je me relâchai. Enfin, alors que je criais, j'eus la félicité de me répandre en profusion dans la bouche de Mathilde.

C'était peut-être – c'était, assurément – la toute première fois que ma très jeune cavale goûtait de cette manière le suc d'une essence mâle. Quand même, elle avala. Elle en fut bien surprise, mais sa déglutition m'apparut souriante, sans donner l'impression qu'elle puisse être forcée.

Les deux femmes me quittèrent afin que, et juste au-dessus de moi, elles se retrouvent pour s'embrasser :

— Ma tante ! gémit Mathilde.

— Mon enfant ! répondit la comtesse tout en avançant son majeur au débouché de cuisses que sa pupille aimante ne savait plus fermer.

Mathilde eut le bonheur d'impulser dans l'affaire certains nouveaux plaisirs qui me redonnèrent de l'allant, si bien que je me laissai aller et puis, bousculant mes compagnes, je pris presque de force le fondement de la comtesse dont le cri de surprise monta dans les hauteurs à la rencontre des lustres, des poutres et du plafond.

Ce fut pour tous si net, et tout aussi soudain, que les acteurs des autres groupes se séparèrent d'un coup. Je fus même applaudi au moment même où nos passions entreprenaient de s'assoupir du fait que, pour chacun, après nous être dépensés, nos forces n'étaient que ruines et que délabrements.

Il ne persistait plus que la joie du moment. En cela, je les comblai, car la croupe accueillante de notre estimable comtesse avait de quoi ravir tous ceux de son ménage, et en premier lieu son mari qui ne se lassait en rien d'admirer sa femme prise, enfourchée par un autre, gémissante de plaisir, les yeux énamourés, son fondement relevé.

À peine y eut-il pour chacun un peu d'hésitation avant qu'Hortense se retrouvât copieusement félicitée du fait de sa dextérité et de la sûreté des gestes, tandis que la chevalière, elle-même en parallèle, reçut de nombreux éloges sur le discernement qui avait été le sien en éduquant sa fille, surtout en l'amenant – avec autant de clairvoyance – vers ces lieux étrangers aux préjugés du monde. Pareillement, on rendit grâce à son esprit de sacrifice, lorsqu'en donnant l'exemple d'un corps qui se dénudait, elle avait fait en sorte que sa précieuse Hortense prenne totalement conscience de ses capacités.

Sous cette avalanche si aimable, la mère et puis la fille tombèrent en larmoyant l'une dans les bras de l'autre.

Et puis, s'il le fallait, et puis pour se consoler, la chevalière eut dans l'envie de toucher le bel endroit révélé à sa fille, au moins pour constater que mes propres transports, comme ceux du père abbé, n'avaient en rien flétri cette beauté dévoilée portée jusqu'aux plus hauts.

Il n'y eut aucun doute quant au ressenti de la belle. Dessous les doigts de la chevalière, et à la suite d'une caresse qui eut le charme de s'étendre, la gente Hortense gémit, puis elle s'abandonna aux doigts de sa génitrice.

***

Il faisait une nuit noire lorsque je me réveillai. Le monde, autour de moi, avait-il cessé de vivre ? Je me retrouvai seul dans la grande pièce de nos ébats. Mais des éclats de rire, vibrants et étouffés, jaillissaient de derrière une porte entrebâillée en laissant s'échapper de nombreux remous d'eau.

Je me levai alors, et puis je retrouvai la douceur des tapis dessous mes plantes de pieds, car, toujours, j'étais nu. D'une main des plus curieuses, je repoussai la porte. Ce fut pour pénétrer dans une vaste serre. Du jasmin et du chèvrefeuille couraient sur les murs bas, tandis que des touffes de seringa glissaient en se mélangeant à plusieurs haies de rosiers. Aussi, il se mêlait des aubépines, et puis des acacias. Plus loin se distinguait un bassin de faïence, logé sous une verrière.

Je fus enfin hélé par l'exquise chevalière, laquelle se présentait debout, en son simple appareil, avec la toison de son ventre plaquée par les efflorescences d'une eau admirablement tiédie et subtilement parfumée :

— Ainsi, cher Gabriel, vous vous êtes reposé de vos récents exploits. J'ose espérer, cette fois, que vous n'allez pas manquer de nous faire partager le bénéfice de votre relâche. Voyez en attendant et, sans plus patienter, nous sommes venus nous rafraîchir dans le creux de ce bassin que je conserve rempli, que je garde embaumé afin de raffermir tout à la fois nos sens et l'excellence de nos peaux.

Ils étaient tous plongés dans le cœur même de l'onde. Les femmes avaient de l'eau juste au niveau des seins. Cela les sublimait, car, sous l'effet de l'attraction vantée par Archimède, les globes de ces naïades semblaient flotter plus haut que la nature les avait faits. Le jeu était de palper ces délices proposés en les enrobant par dessous, puis d'en sublimer le tétin du doigt ou de la bouche.

Les belles s'y complaisaient et des éclats de rire, chatouillés, juvéniles, fusaient de toutes parts. Sa fierté abattue, au moment même de ma venue et usant à présent de nouvelles agaceries, la chevalière se plut à reconduire une succession d'éclaboussements, et ce principalement au bénéfice d'Hortense, si bien que la belle enfant se laissa entraîner vers des transports confus que n'eut point désavoués la luxurieuse Sapho en son île merveilleuse, en ce lieu d'enthousiasmes dont la ferveur de ses prêtresses se plaît à toujours conserver une mémoire intacte.

Hortense se laissa prendre et coucher sur le dos. Elle ne résista pas tandis que sa digne mère jugea bon de l'écarter, cela pour détailler – en était-il besoin ? – un entrejambe dont l'eau forgeait la précision tout en y déposant des frisottis plaqués.

Ainsi ces abords dépouillés se présentèrent-ils à nos vues, et même qu'il y eut la chevalière pour ne pas quitter la place, et même pour se pencher, pour agir au plus près. Mais juste après la chose devint, à son grand déplaisir, une stricte histoire d'hommes.

Ainsi le comte repoussa-t-il doucement notre hôtesse tout comme il brandissait l'excessif de sa chair avant de la faire goûter à la jeune fille offerte tandis que, là dans le même mouvement, ici tout en usant d'un doigt gentiment maternel, la chevalière flattait le sommet de leur union.

Pour son propre confort, la marâtre déchaînée s'était mise à genoux en s'exposant dès lors à bien d'autres transports. Ce fut l'abbé qui innova. Il attira la main chaude de Mathilde afin que cette dernière fourbisse la chevalière dedans les creux de cette femme qu'elle ne connaissait pas, afin que, pour le moins, elle aille à l'aventure, qu'elle lui fasse rende grâce.

Ce fut assez plaisant, d'autant que j'étais placé en extrémité du même groupe dans l'espérance de butiner ce qui n'allait pas manquer de m'être poliment accordé. J'eus cette envie galante de consacrer un arrière-temple, mais qui, grâce à ma langue, au bénéfice de mon pilier, se révéla en grande souplesse le temps de m'accueillir. Pourtant, je retins ma chair au terme de nos mouvements.

Lorsque je me sentis sur le point de me répandre, j'eus cette sorte de réflexe que commande la nature. Aussi déculai-je vivement, rejoignant bien plus bas un autre tabernacle, qui me réceptionna sans le moindre déplaisir. Enfin, de mon côté, il n'y eut qu'un bref instant de bandouillement épars avant que la chevalière, car c'était d'elle dont je m'occupais, ne puisse faire autrement que de nous accorder l'un de ces feulements rentrés qui restent l'apanage des grands fauves en émoi.

L'abbé ne fut pas en reste. Il s'empressa d'occuper ma place vide et ce fut tout autant, enfin donc, pour lui-même, le même enchantement, soutenu et précieux.

Nous nous baignâmes longtemps, et jusqu'à ce que nos corps se retrouvent purifiés sous les vapeurs de notre stupre. Enfin, l'aube décida de commencer à poindre tandis que la comtesse, en passe de s'épancher, précisait ses regrets :

— Il existe entre nous – du moins, c'est ce que je pense – une déficience de galants propres à nous contenter, à nous faire rendre grâce au long de toute la nuit, d'autant que nous sommes quatre femmes... et que vous n'êtes que trois ! Il faudrait, pour le moins, rétablir l'équilibre et même que nous puissions, l'une et l'autre, multiplier vos avantages. Notez que je ne préjuge en rien de vos ardeurs, mais quand même là, il me paraît que deux ou trois gaillards – complaisants en leur chair, supplémentaires en diable – ne seraient point de trop.

Ici, la chevalière d'approuver sa complice :

— Je vous concède, madame, que nos amis d'ici, même en considérant le prodigieux de leurs limites, restent en deçà de nos attentes. D'autant plus que notre appétit, au fil des libations, se révèle maintenant comme des plus aiguisé. Ainsi qu'il serait bon d'accaparer d'autres joueurs, quelques adeptes supplémentaires, assurément courtois, aux principes généreux.

— Mais hélas, ma très chère sœur, se désola l'abbé, il ne me vient pas en tête le nom de familiers propres à fouler aux pieds les préjugés du monde, pour venir se complaire en nos épanchements ! En outre, je vous rappelle qu'une discrétion totale reste notre règle d'or, que nous ouvrir à d'autres pourrait avoir comme conséquence la fin de nos frivolités, assurément leur perte, notre condamnation.

— Alors quoi ? Rester ainsi que nous le sommes ? Nous contenter – nous, pauvres femmes – d'attentes inassouvies ?

Les deux belles d'expérience, ainsi que les jeunes filles, s'étaient cette fois unies en des concupiscences quelque peu comparables.

— Peut-être trouverons-nous un excellent moyen permettant de suppléer aux accents de faiblesse dont nous sommes les victimes...

— Ah oui ? s'enquit la comtesse, en espoir.

L'abbé eut un sourire. Puis il se dirigea vers un petit scriban au fond duquel il se saisit de plusieurs caissettes délicates, chacune d'entre elles sertie – au niveau de ses angles – de renforts en argent. Il ouvrit la première.

L'objet était curieux. C'était un simulacre : deux tubes luisants en un métal poli, enfoncés l'un dans l'autre et garnis de velours, comportant un piston en leur extrémité, agrémentés d'une valve par laquelle on pouvait injecter du liquide. Ici, notre homme, de préciser :

— Déjà, je vous en avais parlé. Il y eut cette pieuse abbesse imposant à ses filles, à ses novices, à ses professes, le vil dégoût des hommes. Elle m'en a commandé tout autant de ce modèle, d'abord pour les jeunes vierges, et aussi pour les duègnes blanchies sous les années, mais toujours très ardentes en leur solitude de cellule.

« L'objet m'a semblé fort plaisant, et puis les artisans auxquels je les soumis furent tout à fait habiles, si bien que j'en ai copié de toutes les dimensions, ce pour mon propre compte. Pour le vôtre, aujourd'hui.

Était-ce une vraie surprise ? Mathilde se retrouva comme la plus délurée des femelles de nos lieux. Elle voulut, sur-le-champ, essayer la prothèse. Elle boucla sur son ventre l'un des objets si singuliers en le liant par une ceinture aux garnitures de cuir. Elle s'exhiba ainsi, toujours si dénudée, certainement conquérante, avec entre les cuisses cette protubérance qui honore les garçons. Toutefois, ses seins menus aux tétins érigés, la finesse de sa taille et ses hanches callipyges ne laissaient présager qu'elle pût appartenir à un tout autre état que celui de son vrai sexe.

— Qui veut goûter de mon pouvoir ? laissa-t-elle espérer avec une voix brûlante en contemplant avec envie le corps des autres femmes, lesquelles se tenaient devant elle avec peut-être l'envie de se masquer le ventre.

— Un instant, s'il vous plaît, jeune et fougueuse pouliche, dut l'arrêter l'abbé. Il importe qu'au-delà d'un contact profond, il s'imite au plus juste le crachotement du foutre. Ce pour quoi une réserve en a été prévue, pour introduire du lait. Enfin faut-il que ce dernier puisse se trouver porté à une température honnête. Nous devons donc attendre.

Mathilde parut déçue, mais moins que ses autres compagnes qui s'assirent l'une près de l'autre, leurs hanches en franc contact, et leurs mains désœuvrées abandonnées entre leurs cuisses.

— Un récit maintenant, juste pour passer le temps et redonner du sel à nos sens assoupis.

La comtesse de Mortcerf ne se fit pas prier :

***

« Lorsque j'étais enfant, lorsque mes premiers appâts commençaient à saillir et garnir mes atours, ma mère mourut de fièvre, et mon père – inconstant – sur les conseils de sa maîtresse, m'envoya en Bourgogne chez une parente à lui afin de débourrer ma prime éducation.

C'était une douairière confite en dévotions, sans autres fantaisies que ses moments de messe où elle s'éternisait à égrener son chapelet.

Elle ne s'occupait jamais de moi, si bien que mon latin, et puis mes bonnes manières ne tardèrent guère à se déliter tels de légers nuages sous la vigueur d'un Aquilon.

De ce fait, j'errais dans le château, et pourtant sans franchir les poternes extérieures. Mon domaine se limitait à la serre recouverte, aux chambres et aux boudoirs, et puis au potager. Ce dernier était vaste, agrémentant notre table tout au long de l'année... la nôtre, ainsi que celle de notre domesticité.

Cette dernière était peu nombreuse. On ne comptait qu'un couple pour l'essentiel des tâches, cuisine et nettoiements, une femme de chambre revêche, et un garçon de peu, un fils de paysan mal dégrossi et fruste à qui on réservait les gros travaux de terre.

Ce bougre avait souvent un œil concupiscent lorsqu'il me regardait aux traverses de la cour lorsque je relevai ma robe sur mes chevilles, exhibant quelque amorce pour me garder des flaques.

En fait, assez friponne, je forçais assez mes gestes, en gonflant ma poitrine, en me cambrant des reins. Chez le garçon, je voyais s'élever une lueur, tandis que le tremblement que pouvaient prendre ses doigts me mettait en grande joie. Aussi, là m'amusai-je du trouble où je plongeais le paysan.

Ce qui devait arriver...

C'était l'après-midi. Nous étions isolés. Il me prit par la main sans que j'eusse l'intention de me soustraire à son contact. Nous allâmes au secret pour nous réfugier dans une grange où la luzerne nouvelle formait un tapis odorant. Il me coucha, me renversa. Il releva ma robe pour me découvrir toute, ce qui aéra mon buisson. Je ne portais pas de culotte, car la mode de Versailles ne s'était pas encore glissée subrepticement jusqu'à nos vieilles provinces.

— Que diriez-vous de ce soc ? me lança l'effronté plébéien en épongeant sa sueur.

Il venait par lui-même de se déboutonner pour extirper, face à moi, ce que je n'avais jamais vu, et qui me sembla gros, et rouge, et turgescent. Sans me laisser glisser vers un accent de pudeur, et ici tout à fait hors de timidité, j'entrepris d'y porter la main. Oh, oui, j'étais curieuse ! Mais mes doigts étaient courts et la chose bien épaisse. Je fis cette réflexion :

— Qu'il est dur ! m'exclamai-je. Mais aussi quelle douceur ce doit être pour vous lorsqu'il laboure la terre.

— Tout dépend du terrain. Le vôtre me semble propice, assurément convenable aux semailles de l'automne.

Nous étions en septembre.

Je vous l'ai déjà dit : ce garçon était fruste. Il ne possédait aucun des artifices courtois qui modulent les plaisirs tout en les décuplant. Il me poinçonna alors sans y mettre les formes. Il releva mes jambes, les coinçant fortement contre ses propres aisselles. J'étais livrée ouverte, mais en aucune manière avec la latitude – avec la volonté ? – de défendre ma vertu.

Il poussa. Je criai, tandis qu'il me transperçait jusqu'au plus loin de mes entrailles, et cela d'un seul coup.

Le peu que je connaissais de ces choses camouflées était que nous autres femelles sommes soumises à souffrir davantage qu'à notre compte, surtout au cours de la première fois, si bien que je m'efforçai de ne pas trop me plaindre, tandis que le garçon se retirait d'un peu avant de s'y remettre, vigoureux à la tâche, avec des halètements que n'eut point désavoués un bûcheron dans son ouvrage.

Or, il y eut un miracle ! La grâce vint me toucher ! La douleur primitive se réduisit, puis disparut. Elle vint se transformer en une ivresse accrue.

J'eus comme crainte primordiale qu'il se retire trop tôt, et par la suite qu'il m'abandonne, déçue, sanguinolente. Mais cela ne fut pas. Quand même, les dieux veillaient. Ma volupté des sens grimpa pour assaillir de multiples sommets, jusqu'à ce que je me rassérène sous une inondation qui me cabra entière des épaules aux chevilles. J'en restai inondée, mais pacifiée, sans forces.

Lorsqu'il termina son labour, je renouvelai mon geste, celui-là du début. L'appendice du garçon avait une autre tournure. Désormais, il pendait, terne et flasque, relâché, tel un sac replié vidé de sa farine. Je ris, un peu moqueuse, si bien que l'autre en fut confus.

Ce qui ne m'empêcha pas qu'avec une main exploratrice, sublimée par un vice qui déjà m'enivrait, je hâtai mon mouvement si bien que le membre de mon gaillard retrouva sans attendre, dès mes premières oscillations, une relevée des plus flatteuses. Il s'en fut pour rejoindre le musclé de son ventre. Il se haussa vers son nombril.

Dès lors, je prolongeai cette étape d'enthousiasme, usant de mes dix doigts et même aussi, parfois – oserai-je vous l'avouer ? – de ma langue qui risqua plusieurs effleurements. Ma propre sollicitude ainsi que mes efforts égayèrent le gaillard si bien qu'il déposa ses grosses pattes plébéiennes tout autour de mes épaules qu'il serra à loisir avec une fermeté fort apte à les briser.

Ensuite et devant moi, il y eut un éclatement. Je me sentis tout inondée.

— C'est chaud, lui fis-je, et aussi gras. On dirait du saindoux que l'on a fait tiédir. »

La comtesse poursuivit :

« Dans les jours qui suivirent, je ne fus pas entraînée vers de nouvelles escapades. Rien qu'au désordre de ma toilette et aux taches désastreuses qui marbraient ma poitrine, personne ne s'y trompa. Ainsi, et dès le lendemain, mon si complaisant chevalier fut remercié aimablement, et il eut beaucoup de chance si on ne lui brisa point ses os et puis ses reins sous un déluge de coups de bâtons.

Là enfin, pour ma part, je fus mise au couvent.

Pucelle, je ne l'étais plus, et je dus par la suite fabriquer vaillamment une fausse vérité, comme venir avouer que je m'étais livrée aux ressources habituelles pratiquées dans les cloîtres... certes que l'engin avait glissé en me perforant les honneurs. Par bonheur, par la suite, mon mari devant Dieu se montra compréhensif.

Ou plutôt, à vrai dire, mon conjoint s'en moquait. En sa propre conception, l'expérience qu'une épouse apporte à ses transports, prime avant toute chose sur les états de niaiserie. »

***

En notre compagnie...

Le comte rit d'abondance aux propos d'une Aurore livrée à ses émois. Là, en aucune façon, il ne semblait regretter les expériences anciennes vécues par la comtesse.

Mais le temps avait passé. On vient nous prévenir que le lait était chaud, et qu'il fallait œuvrer pour goûter l'expérience, oui, nous servir des simulacres. Toujours harnachée de ceinture, Mathilde proposa à Hortense qu'elle fût la première à subir. La jeune personne le désirait, mais, en jeune fille respectueuse, cette dernière se retourna poliment vers sa mère pour quêter un regard, pour se persuader que sa respectable génitrice ne préférait pas amorcer, par elle-même, l'expérience, et ce devant tout le monde.

Mais seulement là, la chevalière, usant d'une générosité rien de moins qu'attentive, abandonna cette prime faveur aux convoitises de la jouvencelle. Certes, en dépit de ce renoncement, ce fut néanmoins la douairière qui se complut à disposer très gentiment Hortense, confortable, à genoux, avec la tête au contact du tapis, ceci en la faisant amplement s'écarter, et puis qui l'enduisit d'un onguent gras et satiné, d'une pâte qui distillait une chaleur enveloppante. Parallèlement, elle entreprenait, au dedans des muqueuses que lui livrait la belle, un élan d'émotion.

Ce fut donc là, après, que Mathilde s'insinua. Elle fit un geste d'homme lorsque, l'instant suivant, elle se retira à demi pour à nouveau se renfoncer, si bien que du côté de la plaisante enfant ce fut le bon moyen afin de générer des accents de plaisir avec ses coups de reins, d'autant que – peu à peu – Mathilde, ne relâchant en rien son comportement de garçon, comprit que les amplitudes impulsées à présent par l'ingénieux de la mécanique pouvaient se multiplier en d'éminentes subtilités, en des plaisirs secrets, si bien que devant elle, sacrifiée à genoux, offrant au monde conquis ses deux précieuses rotondités, Hortense se démenait dans une jouissance soutenue. Elle criait. Elle piaffait. Elle rejetait ses reins. En outre, elle suppliait que Mathilde use, envers elle, d'une violence sans pose ni relâchement, qu'elle s'agite de grand cœur et sans se ménager.

Qu'au mieux... Hortense s'en retrouve déchirée.

— Ces simulacres sont-ils d'une plus grande qualité que nos sceptres de chair ? s'interrogea le comte tout en se caressant avec une main étrangement molle.

— Ami, c'est à vous de nous le dire, lui répondit la chevalière. Si vous le permettez, je m'en vais introduire l'objet de nos désirs dans votre région basse, ce qui mêlera nos sexes en des transports bien différents, moi l'homme et vous la femme, suppliant et contrit, obligé de subir mon entrée en puissance.

Ainsi, notre altière combattante retrouvait là, dans cette figure originale, son attirance certaine pour la prépondérance. De contempler sa fille fabuleusement soumise et pénétrée jusqu'au plus loin par une femme harnachée lui avait décuplé les plus chauds de ses sangs.

Décidant à son tour, elle entreprit de s'assujettir le cordon ajouré du second simulacre pour se contempler de plaisir tandis que – avec une réelle émotion – elle s'affichait au ventre l'instrument du péché, cet appendice étroitement masculin qui lui manquait depuis toujours et qu'elle avait tant espéré.

Ainsi...

La chevalière fut conquérante en ordonnant au comte de prendre sa position, là, d'homme soumis et puis d'esclave, en le claquant d'une main par-dessus ses jumelles :

— À deux genoux, mon cher ami. Montrez-nous, s'il vous plaît, que vos orifices de gaillard peuvent accueillir un vit avec autant d'enthousiasme que nos lèvres de filles. Écartez-vous du plus que vous pourrez m'offrir, car, en aucune manière, je ne vous ménagerai. Êtes-vous prêt ? Allons-y !

Le comte, assurément curieux de cette situation qui se présentait à lui comme des plus étrangère, lui obéit sans rétorquer. Il se plaça en cette attitude exposée – et ainsi qu'on le lui avait ordonné – puis il creusa les reins. De ses deux mains ouvertes, il décupla l'entrée de sa voie postérieure, et même qu'il en huila les bords avec sa propre salive.

La chevalière, désormais rapprochée, s'introduisit avec un mouvement adroit, enfonçant son engin en plein jusqu'à la garde. Le comte se redressa sous la violence de l'emboîtement, mais ce fut aussitôt pour subir de plein fouet l'invasion de ses muqueuses. Le tout lui procurait une aimable jouissance, un solide agrément.

Ainsi qu'on aurait pu s'attendre chez une aimable pucelle, il se mit à gémir, à crier, à gronder. Ses mains se crispèrent sur le tapis, en copiant une cadence que le déchaîné de sa cavale intimait à coups de boutoir.

À voir tant de beauté, à contempler ainsi les deux groupes avivés par les simulacres en étain, je me sentis au bord d'un très merveilleux éclatement, lequel ne se résorberait qu'en se livrant à ce partage... oui, en m'introduisant. Aussi me mis-je donc à chercher un postérieur aimable, et libre de tout assaut.

Oui, mais seulement il y eut l'abbé, soumis aux mêmes travers et torturé des mêmes attentes, pour être plus rapide, et pour coiffer d'un coup mes propres initiatives. Il s'était mis derrière Mathilde. Il commençait à la forcer.

Il ne me restait plus, dès lors, pour le bien-être de mon office, que les jumelles de la chevalière. Ces dernières me souriaient, rondes et épanouies, frétillantes sous l'effort, dévoilant quelquefois une fleur brune et plissée qui semblait m'aguicher en palpitant sous le balancement que la douairière lui intimait.

Sans me poser d'autres questions, surtout pas celles qu'un jeune amant énonce sur le sein de sa belle, je m'avançai, exacerbé, au débouché de cette grotte étroite. La chevalière en soupira, marquant par là son contentement. À croire qu'elle souhaitait – réclamant de tout cœur – qu'un mâle vienne la couvrir, ceci pour l'écarter dedans ses voies étroites, pour ensuite se complaire en un bénéfice de contact.

Enfin ce furent ici – hélas ! – la conclusion des va-et-vient impulsés par la femme, de ceux que le comte recevait avec un grand courage, avec abnégation.

Nous jouîmes tous les trois, en laissant nos essences s'écouler dans un flot qui semblait loin de se tarir, et cela même jusqu'à M. de Mortcerf qui, profitant de l'aubaine, s'était caressé de lui-même en se dosant avec grande science, en calquant ses mouvements sur les félicités introduites dans ses reins.

Lentement, exténués, nous nous séparâmes tous, en nous roulant sur les tapis. Nous étions nappés de sueur, mais avant tout radieux, satisfaits, courbatus. Nous nous surprîmes à nous sourire en nous tenant la main.

Par la suite, il y eut d'autres nouvelles figures, mais ces dernières ne furent qu'étroitement féminines. Hortense, aidée en cela par sa mère empressée, se ceignit à la fois de deux protubérances, l'une par-devant, l'autre par-derrière. Mathilde et la comtesse s'affairèrent à leur tour contre le corps de la jeune fille, s'introduisant d'elles-mêmes, puis intimant avec douceur un barattement harmonieux. Ce fut comme si les deux ardentes recevaient chacune d'elles, et dans les mêmes transports, les hommages d'un unique amant.

Hortense rit de plaisir. Ses sorties fracassantes montèrent jusqu'au plus haut. Elles nous plurent, mâtinées par l'exquis de leur fraîcheur heureuse, de même que par la qualité de leurs jeunes envolées.

D'un mouvement du bassin assoupli et huilé, la belle s'introduisait dans l'une tandis que, l'instant suivant, elle se dégageait de l'autre. Puis de recommencer, mais dans le sens inverse. Chacune y trouvait agrément, et avec un tel enthousiasme qu'Hortense se sentit embrassée à la fois sur le cou, sur la bouche, aux épaules, sur l'amorce des seins, pressée et malaxée, ce qui lui déclencha de secrets frémissements.

Ce groupe de belle aisance fut le bouquet final de notre nuit enflammée. L'aube était déjà là, et nos libations renouvelées nous avaient si pleinement épuisés dans nos chairs que nous décidâmes, de concert, d'aller nous retirer afin de nous assoupir, rassérénés, occis.

***

Hortense fut la première à être réveillée. Il faisait grand soleil lorsque l'exquise enfant s'annonça dans la chambre réservée à sa mère. La chevalière n'était vêtue que de ses effets de nuit, avec la gorge à demi découverte, et peu de voiles pour lui couvrir un corps en plénitude.

Ici donc, la jeune fille entreprit de lever le drap immaculé recouvrant la douairière. Puis, en se démenant, elle rabaissa lentement ses propres épaulettes, délaissant sa chemise jusqu'à s'en trouver dénudée au plus bas de la taille. Ses yeux accrochaient les étoiles :

— Ah, maman ! gémit-elle avec une voix ombrée. Ah, madame, que je vous remercie pour toutes ces hardiesses auxquelles vous m'avez initiée ! J'ai goûté des plaisirs à nuls autres pareils !

« Mais seulement, mais à présent que je suis devenue tout autrement savante, il me tarde d'œuvrer afin de vous assurer du haut niveau de ma reconnaissance, afin de vous faire jouir avec les agréments de mes vertus nouvelles.

« Souffrez, madame ma mère, que je vous abreuve à mon tour, cela en grand respect et en toute déférence, ce pour vous sublimer en dehors des prévenances et puis des interdits.

—Je suis..., balbutia la chevalière sans retenir la main de sa fille adorée, laquelle était en passe de lui presser une moitié de sein tout en lui titillant l'excroissance d'un tétin.

Hortense savait, dès à présent, user d'une dextérité singulièrement exceptionnelle.

—Je suis proche de vos vues, ma chère enfant chérie, lui assura sa mère, mais les règles convenables qui sont de notre monde m'empêchent de succomber, d'autant plus que nos amis attendent avec confiance que nous partagions avec eux le bien-être de tous, le ravissement de chacun.

—Mais, maman, tout se peut, lui répondit sa fille. Il nous suffit de les prévenir. Qu'ils assistent, s'ils le souhaitent, à l'étendue de nos transports. Mais aussi, et ce qui me désolerait, ce serait d'aller vers eux avant que nous ayons usé le plus secret – aussi, le plus subtil – de nos caresses intimes autant que familiales, avant que l'une et l'autre nous ayons consumé tout ce florilège d'affection dont savent si bien user une mère avec sa fille.

Ainsi, et tandis qu'elle parlait, alors lorsqu'elle raisonnait d'une manière si péremptoire, Hortense devenait conquérante. Elle tâtait de sa langue le corps de la chevalière qu'elle trouva vulnérable. Elle s'empressait d'abandonner l'épanoui des seins pour descendre bien plus bas, pour osciller autour d'un ventre conquis, pour s'approcher de cette forêt dont la douceur extrême s'étalait en mèches courtes, enfin pour pénétrer l'ultime grotte aux plaisirs.

Oui, mais Hortense ne se perdit pas. Elle poursuivit son avancée, cela en débauches de caresses, avec des excès de câlineries qui firent que sa gente mère perdit absolument, dans les méandres de l'aventure, son quant-à-soi de rigueur.

Si bien...

La chevalière se renversa, tandis qu'au cours de ses mouvements, elle finit de descendre la chemise ajourée qui recouvrait encore Hortense, afin que la jouvencelle fût bien saisie au ventre, et ensuite pénétrée par le doigt frénétique avancé par sa mère.

— Maman ! se laissa soupirer la jeune incitatrice.

Hortense commençait son plaisir, tandis que, pour notre part – nous tous : le comte, la comtesse, l'abbé Lieven, Mathilde et puis moi-même – avancions en un groupe dans l'étroit de la chambre.

De voir ces deux femmes alanguies et toutes à leur plaisir où se sublimait avec passion la qualité profonde d'un merveilleux amour filial, nous ne pûmes que de nous exclamer en forme de canon, portant jusqu'au pinacle notre joie merveilleuse.

Nous nous disions : « Surtout qu'elles ne cessent pas, et surtout qu'elles persistent dans leurs baisers si tendres, qu'elles repoussent de passion le restant de leurs vêtements afin que, la peau nue, elles aillent se sublimer en ajoutant aux doigts le contact de leurs lèvres ! »

— Maman, que vous êtes belle ! s'exclama plusieurs fois une Hortense en émoi tandis qu'elle finissait de dévoiler au jour le corps tendre de sa mère.

Très vite, les deux femmes se retrouvèrent aussi nues que naissance. Ce fut pour que leurs jambes s'entortillent de concert, que leurs seins se recherchent en une pression soutenue, que leurs belles lèvres s'unissent, alors que leur propre langue s'affrontait de passion.

Leurs reins se trémoussaient, et de si belle manière que leur brasier intime se magnifiait en déferlant. Il transformait en incendie. Des agitations fabuleuses qui toutes se passionnaient d'une multitude de doigts, comme de phalanges baignées d'une intense volupté, étaient cette fois de mise.

— Ah, ma fille ! Ah, Hortense ! balbutiait la chevalière rendue au plus haut point d'un état de pâmoison.

Et puis, tournant la tête, la douairière prit conscience de notre commune présence, de notre haie d'honneur qui enserrait son lit.

Elle ne se hérissa pas. Sans ici s'offusquer, elle nous tendit les mains, souriante, gémissante.

Ainsi nous pûmes, dès lors, mesurer le niveau que peuvent atteindre les sens d'une mère profondément aimante, lorsque ses sensations se trouvent être sublimées par le flot des émotions propres aux familles unies, par les bouffées de ces émois issus des contentements.

— Cette fois, vous avez vu, ajouta la chevalière. Vous devez convenir qu'en temps de solitude, il nous sera possible, à Hortense et à moi, de retrouver nos sources, de contenter nos sens en négligeant l'apport des attributs virils.

— Cela reste évident, lui répondit le comte tout en relevant sa chemise pour offrir aux deux femmes l'objet de leur mépris. Mais il serait cruel qu'une fois le plaisir pleinement assumé par vos embrassements parentaux et mutuels, que vous nous laissiez choir, que vous nous reléguiez en attente indigente.

— Ce n'est pas notre propos, firent d'un commun accord la mère et puis la fille. Déjà, nous vous l'avons prouvé. Nous trouvons agrément à quelques autres privautés où les trésors de notre corps sont offerts à chacun, où tous vous vous plairez d'y goûter de concert, et de toutes les manières qui s'avéreront convenables.

Elles ajoutèrent :

— Ce que nous recherchons, c'est de n'être point forcées, que les moindres des douleurs soient proscrites pour chacune, et puis qu'au grand jamais vous n'ayez dans votre idée de nous séparer l'une de l'autre.

Au terme de ces propos, puis en usant de légèreté, Hortense prit une place à rebours contre le corps de la chevalière afin que sa propre bouche, délicate à souhait, se plaque sur une toison dont le renflement élégant s'auréolait des voluptés que l'on rencontre assez souvent aux détours des poèmes chantés et glorifiés par les vieux ménestrels.

Enfin, le comte, et puis moi-même, en état de folle ardeur, prîmes dans le même instant une place privilégiée auprès de ces rotondités proposées par les belles.

Je choisis d'être derrière Hortense, et je la pénétrai en une avancée mesurée. Mon soc restait solide, et les reins de ma sybarite firent tout pour m'accueillir en une réception éminemment charmante. Elle-même décida de la cadence… et moi, je n'avais plus que de l'accompagner.

Les instants qui suivirent furent une pure volupté, de plus entrecoupés par de subtils contacts dont je fus moi-même l'objet d'autant que notre ami l'abbé, sans demeurer en reste, se révélait contre mon dos. Il me socratisa, usant d'une poussée lente qui me fit relâcher une débauche de soupirs.

Si bien qu'il se développa, au dedans de la chambre, les doux gémissements de la mère et de sa fille au terme de leur ouvrage, exaltées de concert par le poinçonnage ardent auquel elles se trouvaient directement soumises, tout comme par les déferlements de nos propres libérations, ainsi que par le cri – là, tout à fait invraisemblable – que nous poussa l'abbé arrivé, lui de même, aux conclusions de son étape.

Enfin…

Ce fut lorsque nous nous relevâmes que nous pûmes constater que la comtesse, et puis Mathilde, n'ayant nullement trouvé une place agréable auprès de notre groupe, s'étaient benoîtement équipées d'un simulacre manuel dont elles usaient ensemble, se rendant mutuellement un distingué service.

Elles s'efforçaient de s'accorder en une cadence unique, ce qui ne me parut guère un choix très étudié, dans la mesure où les deux femmes n'avaient qu'à peine osé se remonter très haut les pans de leur chemise.

***

Nous déjeunâmes de truffes macérées dans de l'huile vierge, et nous nous régalâmes d'une suite d'entremets parfumés aux fruits rouges. Le vin capiteux de champagne se plut à couler à flots afin de nous égayer sous une ivresse exquise.

Il faisait grand soleil sous les treilles chaudes du parc où le jasmin et le chèvrefeuille laissaient parfois la place aux noisetiers, aux oliviers, aux aulnes et aux chênes blancs. Un épais tapis de mousse garnissait des refuges qui se dérobaient à l'œil, et qui se prêtaient absolument aux vues de la chevalière. Elle nous prit par la main et elle nous partagea :

— Notre aimable comtesse et notre gentille Mathilde n'ont pas aujourd'hui consommé de mets vraiment solides, tandis que pour notre part, et ici donc – infiniment plus chanceuses – nous demeurions fort occupées.

« Ainsi, je vous propose qu'elles s'éloignent et se cachent, jusqu'à ce que mon frère, qu'accompagnerait le comte, s'en vienne et les surprenne. Ce sera par ce moyen de l'excellent ouvrage à l'ombre des charmilles, car il n'est nul besoin de s'unir en compagnie s'il nous vient dans le sang l'idée de sacrifier aux ébats de Vénus.

— Mais vous-même, chère amie ? Et puis, aussi, votre fille ?

— Toutes les deux, nous devrons venir nous contenter des arts de Gabriel cependant, sur le moment, sans devoir être lésées. Sachez que notre jouvenceau s'est toujours imposé comme un fringant coursier, possédant en pratique toute la philosophie dont pourrait s'honorer le plus honnête des hommes. Il saura nous convaincre et nous faire partager ses principes très savants.

Puis, l'accorte chevalière de se retourner vers sa fille :

— Déshabille-toi céans ainsi que je vais le faire. Restons nues toutes deux, afin d'offrir à ce garçon la suprême étendue d'une géographie dont il va être courtois qu'il use pour son plaisir.

« Il nous accompagnera et, parfois, si les circonstances se présentent, je me prêterai à le guider en de nouveaux chemins, en ces sentiers de traverse d'où s'écartent les promeneurs.

Ainsi, elles se dépouillèrent, l'une et l'autre, côte à côte. Elles se présentèrent à moi dans la splendeur de leur beauté, la jeune Hortense comme la plus fine, avec ses seins petits et son ventre peu fourni, la chevalière en femme épanouie, la poitrine lourde et vigoureuse, le ventre gagné par une toison qui lui remontait haut, cela pour lui couvrir toute la jonction des cuisses.

Ensuite et pour mieux faire, afin de m'aguicher – si besoin en était ! – elles s'écartèrent d'un peu en relevant les bras, et puis en les croisant par-derrière leur chignon. Si bien que, sans prendre le risque de choquer, je me mis nu, aussi.

C'est à cette politesse de ne point rester vêtu devant une femme qui s'offre que l'on sait reconnaître un homme dans son honneur, usant de qualité, un amant vertueux.

— Gabriel, mon ami, souffla la chevalière déjà en défaillance, caressez de vos mains nos bubons frémissants qui se tendent vers vos doigts, et sucez les tétons que vous offre ma fille, et puis aussi les miens. Mais surtout – et de cela : je vous en conjure ; et de cela : je vous en supplie – ne vous complaisez pas à disperser sans précautions le nectar si précieux que servira votre hampe.

— Madame, lui répondis-je, je me trouve à vos ordres. Commandez, s'il vous plaît.

Elle n'eut pas à le faire. Hortense fut la première à avancer son ventre devant lequel je m'agenouillai tout en multipliant le frétillement de mes caresses tant par ma langue qu'avec mes doigts. Une fontaine jaillit des lèvres juvéniles, et avec une telle abondance que j'en eus la langue attiédie.

— Monsieur... ! me lança la jeune fille. Oh, monsieur ! Que votre symphonie devient digne des grandes scènes ! Vous m'avez agacée avec une telle douceur qu'il m'était difficile de songer que ce gage d'effleurement puisse être la conséquence d'une caresse masculine. Pourtant, ce fut de votre fait. Qu'ici, devant les dieux, que je vous en remercie.

— Très certainement, cher Gabriel, s'intercala la chevalière. Je rêve depuis longtemps de vous faire grand plaisir. Relevez-vous, s'il vous plaît, que je puisse à mon tour saisir à l'intérieur de mes mains pleines l'objet de nos délices.

Et elle m'accompagna, en me tirant d'une même manière qu'un cavalier ramène le cuir d'une rêne tombée. En deux coups de poignet, je fus décalotté. À son tour, elle s'en fut de se mettre à genoux, ce qui pour elle, dominatrice, devait être quelque chose qui pouvait ressembler à un exquis renoncement.

Ainsi donc...

Elle me saisit entre ses lèvres. Elle me repoussa sous une cadence qu'elle impulsa lentement avant d'accélérer, puis elle me chatouilla avec le bout de sa langue qui formait comme un pic et qui m'enveloppa.

Sa fille s'était, d'elle-même, agenouillée contre sa mère. Hortense aidait la chevalière avec un surcroît d'enthousiasme en relevant mes bourses sous une caresse divine, et puis en m'enserrant à la base de mon sceptre.

— Êtes-vous bien, Gabriel ? me fut-il demandé.

Je fus, pour cette fois-là, fort en peine de répondre. Le désir me montait et il se répandit comme un flot déferlant pour engorger la bouche de mon aimable nymphe qui s'était efforcée de ne point se retirer, là de poursuivre son mouvement jusqu'à ce que je fusse vidé.

***

Retrouvant le comte et l'abbé, sans compter Aurore et Mathilde, nous nous rassemblâmes peu après, et nous fûmes égayés par la luxuriance avisée d'un souper délicat, lequel nous attendait sous une charmille ombrée.

Il y eut des poulardes macérées dans du miel et fourrées à la chair d'un pâté pimenté. Il y eut de ces truites délicieusement grillées et parfumées au thym, que l'on ne trouve nulle part qu'en rivières de Vaucluse. Il y eut des fromages de chèvre et de brebis agrémentés de mûres, de baies, et d'huile ancienne. Il y eut des glaces sucrées entourées de cristaux issus depuis l'hiver des contreforts alpestres. Il y eut des vins de Gigondas, et aussi de Caromb, des alcools de genièvre, des liqueurs de champagne.

Il y eut...

Pourtant – oui, mais, hélas ! – ce fut là, tout autant, notre dernier repas, l'ultime divertissement avant que le monde s'écroule. Les nouvelles de Versailles nous parvinrent au dessert. Il nous fut révélé que le roi s'était enfui avec toute sa famille en mystifiant ses gardes, surtout en humiliant M. de Lafayette, et puis que Louis le Gros avait été repris, qu'il logeait cette fois-ci en son palais du Louvre.

Le Magnificat
de Priape.

Épilogue

Ce déferlement innommable, cette Grande Révolution, brisa à tout jamais nos transports amoureux. Nous fûmes, les uns tout comme les autres, dispersés à l'encan, promis à des malheurs qui maltraitèrent nos chairs, qui firent couler le sang.

Le comte et la comtesse firent partie de ces charrettes conduisant à la mort par décapitation. La chevalière et puis sa fille durent longtemps se cacher. Elles furent atteintes de fièvres, ce qui les mit au plus mal et qui leur détruisit l'intérieur de la tête. Nul ne sut ce qui advint de notre abbé licencieux.

Ce fut vingt ans plus tard qu'incidemment je croisai celle qui fut, en son temps, une délicieuse enfant. Je nommerai là : Mathilde. Elle ne me reconnut pas, cette fois devenue vieille, séchée et puis jaunie. Elle se maquillait mal. Elle ressemblait à un pierrot. Quelqu'un dut me souffler qu'elle survivait petitement, que ses amants de l'heure n'étaient que marguilliers, que pleutres boutiquiers.

***

Pour ma part, je m'assure le confort de deux veuves. Elles ne sont pas galantes, et pourtant je m'en arrange. L'arrondi de leur bourse reste un bienfait utile.

Le soir, il se trouve que je pleure, que je me suis mis à boire, et que la soldatesque qui patrouille dans la ville me relève aux aurores.

Je m'endors très souvent au fond des caniveaux.

FIN

Ci-dessus l'exemple d'une gravure érotique, comme il s'en publia des dizaines au cours du XVIIIe siècle français, et qui prouvent – si besoin en était – que les errements du texte de « Gabriel » ne sont pas forcément si décalés, ni excessifs.

Biographie

L'auteur aime jouer avec la langue française et ne cache pas une certaine aisance à mettre ses protagonistes dans des situations plus excitantes les unes que les autres.

Mentions légales

ISBN : 978-2-37780-542-6

Libertine Editions
ZAI Bel Air
17230 Andilly

Site Internet : www.libertine-editions.fr

Dépôt légal février 2020

Dépôt légal : février 2020 - N° imprimeur : 012065420

Imprimé en France par Présence Graphique - Monts